文芸社セレクション

言志録物語

七生 一樹

NANAO Ichiju

JN035503

文芸社

畑があり、種があり、水があれば、種をばら撒く以外何があろうか
しかし、誰ぞ
ばら撒くルールを決めたのは

七生一樹

目次

はじめに

この本を手にとられた方々へ

皆様は「言志録」をご存じでしょうか？　これは、江戸時代末期に誕生した語録です。「言志録」の他に、「言志後録」「言志晩録」「言志耋録」があり、合わせて「言志四録」と言います。

少し、この「言志録」を説明させてください。

作者は、佐藤一斎（一七七二～一八五九）という美濃国岩村藩（現在の岐阜県あたり）出身の儒学者です。佐藤一斉先生は、十分な社会体験を経られた後、四二歳から五三歳の間に「言志禄」を執筆されました。この時代、変革期における人生の生き方に対する問題意識をもって貫かれたものであり、この語録集は、修養の糧として、処世の心得として、指導書として、幕末から明治、昭和初期など、多くの人々に影響を与えてきました。

佐藤一斎先生の門に学ばれる人は、数千人いましたが、その中で有名な人物に、佐久間象山がいます。また、佐久間象山の塾生には、勝海舟や坂本竜馬、吉田松陰などがいて、吉田松陰の塾生には伊藤博文や木戸孝允などがいました。さらに、西郷隆盛（西郷南洲）も、この言志録を愛読し、自身の戒めとして、すぐに語録が思い出せるようにしていたそうです。当時、西郷南洲からみて佐藤一斎先生は、祖父のようなご年齢だったそうです。もちろん、右記の人物のみならず、多くの志士たちに愛読されたものでした。

つまり、この「言志録」は、明治維新といった国家を動かす人物を輩出していった書物といっても過言ではありません。

さて、なぜ、江戸時代は三百年続いたのでしょうか。戦国時代を経て、徳川家康が国を統治するようになって、他国からの植民地にもならず、繁栄を極めた時代でした。しかしながら、太平洋戦争で負けた日本は、多くの古き良き日本の国民性を置いてきました。そして、今、世界の情勢は目まぐるしい勢いで変化しています。日本も巻き込まれていきます。この変化の中で、どのようにして「自分」を見つけ出し、磨いていくのでしょうか。

本編は、この当時の江戸では、どのような教育的な啓発がなされていたか、その日本的な文化、思想を象徴する「言志録」を、日本に広く浸透されることを願って、読みやすくするため、言志録に記載されてある語録を物語にしてみました。読みやすくというのは語弊があるかもしれませんが、つまり、言志録をそのまま読むと疑義が生じるから現代風に意訳したといいましょうか。加えて、現代の啓発的な考え方、表現を加えて一連の流れを作りました。

実際に復刻された『言志四録』は、書店やネットで購入できます。

ちなみに私は、講談社『言志四録（一）』佐藤一斎著／川上正光全訳（一九七八）を参考文献にさせていただきました。

早く本を読める人は、三時間もあれば読めてしまうと思います。

ただ、自分にとって、一生心に残る言葉を見つけていただきたい。そして、強くぶれない心をもってほしいと願ってこの本を送り出します。

以上でございます。

旅の始まり

ここに、三人の兄弟がいる。名は一郎、次郎、三郎である。

一郎、次郎は青年だが、三郎は少年という歳であった。

先日、父母を病で亡くし、裏山で弔ったばかりである。

一郎は、弟らの身を案じたが何も考えが浮かばなかった。

一郎は、この先の事を次郎と三郎にどうしたいかと尋ねるも、こちらも具体的なものはなく、月日が過ぎた。


一郎、次郎、三郎は農家の子であった。

去年や一昨年は天候に恵まれず、作物が育たなかった。このため、父母は心労と栄養不足がたたり、病となり、やや若くして三人の兄弟を残して死んだ。


この土地は、先祖から続くものであるが、雨が続いたり、水が不足したりと作物が育たなく、今年に至っては、もう十月だというのに、垂れ下がる実もない。

これでは年貢が納められない。父母の心労がにわかにわかり始めた。

一郎は、父が生前に話してくれた話を思い出した。

以前、この土地の領主から「お金を貸す」という申し出があった。年貢を返せないので土地を離れるか、飢死するか迷っていたときだったので、その時は大変ありがたく思ったという。しかし、よく考えると、お金を借りた、その時はいいが、とてもお金を返せるあてがなかったため断った。領主が土地を買ってくれるという申し出もあったが、買い取りの価格がひどく安かったため、これも断った。ただ、村の何人かは借りたという。一郎は、父に「お金を返せなかった人はどうなったのか」尋ねると、大きな町のどこかに奉公に出されるか、そういったところに売られるかなど、延々とお金を返し続ける仕組みになっていたとのことであった。その後、我ら家族は、どう食いつないだかというと、山の幸になんとか頼って生きてきたのだという。一郎もこれは身にしみてわかっていた。


結局、父は、貧困をどうするか答えも決断も行動もなく死んでしまった。


しかし、一郎は、この話を思い出し、兄弟皆で出稼ぎにいくのはどうかと考えるに至った。

他の村人に尋ねると、出稼ぎのため、上京することは珍しくないという。

過去、他にも出稼ぎに行き、田植え前には帰ってくるなど、自由な者もいたらしい。

三人の兄弟は、村を出たことがあまりないので、なんとも神妙な話であるが、途方に暮れても腹がいっぱいにならないことはわかる。

先祖から続くこの土地に未練がないわけではないが、今はどうしようもない。出稼ぎに行くといった決断も仕方のないこと、一郎はそう思った。

このことを弟たちに話した。最初、次郎が反発した。すると一郎と次郎が口論になった。

次郎「そんな話、うまくいくのか。虫のいい話だ。逃げているようにしか思えない」
一郎「逃げているのではない。このままでは我ら兄弟も餓死してしまうぞ」
次郎「我々はこの村から出たことも少ない。村の外で仕事にありつけるかどうか、仕事をしてもお金をもらえるのか、だまされないか、どれをとっても不安でしかない」
一郎「それは、私も怖い」
次郎「兄者は俺と同じ意見のようだ」
一郎「そこは同じ意見だが、不安でも新しいことをしようとしているところはお前と違う」
次郎「俺だって、知識があって、経験があって、人の助けがあれば、この土地でもやっていける」
一郎「年貢をどれだけ納めるか知っているのか、どれだけ滞納しているか知っているのか、

　滞納すればどのような罰が待っているか知っているのか」

次郎は面食らったが、
次郎「それに三郎はまだ若い。これはどうする」

　三郎は沈黙していた。一郎と次郎の話を聞いている様子であり、もしくは、それが三郎の反発かもしれない。

一郎「三郎とて、何かしらの働き口を見つけねばならない。生きるということはそういうことだ。人の役に立たねば飯にはありつけない。私と次郎とで何とかしよう。見捨てることは決してしない」

次郎「どれもこれも、なんとなくの話でしかない。確証なき今の状態では、行動に移せない」

一郎「では、どうしろというのだ。この土地から離れることは、私も何が起こるかわからない、怖い。しかしだな、お前にはこの土地で、年貢を納める術があり、それを実行する器量があり、飯をいっぱい食べられるというのだな」

　これには、次郎も根負けした。

次郎「わかった、兄者、そう腹を立てるな。そもそも、兄者が決めたこと、俺はすでに承知している。ただ、反対せねば、その考えの脆弱なところが見えてこない。三郎もどう思っているかわからないから、俺が反発せねば、気の収めようもないだろう。悪く思わないでくれ」

次郎は、私より背が高く、また、体格もよく身体的に恵まれていた。一番の働き者で肌が色黒く、着るもの全てが小さくみえたため、その姿は滑稽であった。ぎょろっとした目も特徴で、見た目もよかった。性格はというと、白黒はっきりせねば気がすまなく、攻撃的な口調も特徴の一つだ。ただ言われたことはきっちりやるほうだった。

三郎は、まだ少年であり、体格もまだこれから成長する年齢である。痩せ型でひょろっとしていたが、筋肉はあった。性格は、優柔不断であり、あまり表立って意見を言わず、兄らの意見に従うといったようだが、納得がいかないことがあるとすねたりするので、攻撃的な話をする次郎より、一郎は三郎のこの頑固なところを悩んでいた。というのは、すねたり、何も言わなくなったりすることもそうだが、なんて声をかけてよいかわからない時があるのだ。加えて、納得させないと行動に移せないところがあるので、どう和ませるかいつも兄としての器量を試されているようで、一郎を悩ませた。また、頭がいい。理解力があり、頭の回転も速い。ただ、三郎は自分の考えや意見があっても、自分を表に出さないところがあるので、わざわざ意見を尋ねないと、発しない節がある。

一郎は、長兄であり、自然を愛した。父からの教えも一番受けたが、自然から物を学ぶことが多かった。争いや競争が苦手で、調和をとることを望んだ。曲がったことが嫌いであるが、何かと抜けることもある。

一郎は、この度の出稼ぎの案には、三郎が付いてこられるか心配であった。次郎にああは言ったものの自分のことで精一杯になったら、三郎まで手がかけられなくなってしまうのではないかと、これも不安であった。三郎は末っ子でもあり、父母にはもっと甘えたかったかと思うと、この思い出のある家や土地から離れることは、つらいことだったかもしれない。

のちに次郎に三郎のことを相談すると、
次郎「三郎は男だ。自分で何とかしなければならない。甘やかすと三郎のためにならない」
と頼もしい事をいう。そうはいっても次郎は三郎の面倒をよく見ていた。

案の定、この話の後、三郎は、しばらく口を利かず、家の周りをうろうろしていたが、そのうち、先の次郎の反発がきいたのか、「出かける準備をする」と細く言い、旅立つことに納得してくれたようであった。

兄弟は出かける準備を始めた。山から食料を集め、家を掃除し、草鞋を多めに用意し、荷物をまとめた。

一郎は、出稼ぎに行くことを隣人に話し、戻ってくると約束して出て行った。しかし、本当に戻れるかどうかは、一郎自身もわからなかった。戻るということは、年貢を納めることでもあるので、稼ぐ覚悟を持たねばならなかった。この一年が勝負である。欠落となっては、土地を奪われてしまう。

一郎はふと考えた。人の運命とは概ね決まっているのだろうか。なぜ、人は、貧しかったり、病気になったり、儲けたり、損したり、生きたり、死んだりするのだろうか。人の運命が決まっているのであれば、富や栄誉を探し続けることに意味はなかろう。ただ疲れ果てるだけであろう。では、生きているうち何を目指さねばならないのか。

出かける準備が整った。家の前で家の戸を固く閉め、家に向かって兄弟そろって拝み、今まで夜露をしのいでもらったことに感謝した。

次郎「兄者、どうする?」
一郎「都へ向かおう」
三郎「長旅になるね」

次郎「しかし、我らどうなるのか」
一郎「我らは種子をまきに出るのだ」
三郎「今からうちの畑から離れるのに、どういうこと？」
一郎「そういう意味ではない。人生において、施しをせよという意味だ。親がいれば何かしらを与えてくれるが、自分が大人になったら与える側である事を自覚せねばならない。食料やお金という物質的なものもあるが、共に過ごす者や出会った者に、どう幸せになってもらいたいか考え、行動せよという事だ。今出来る施しをせねば、未来も後世も貧になる。施しが多ければ、果報も多いと知るのだ」
次郎「なかなか体力のいる話だな」
三郎「僕にはまだ早いし、できるかわからない」
一郎「家族や友達、働く仲間など、誰かを幸せにすると決めたからには、自分でその方法や配分を考えたら良い。結局、人は正しいと思った事をするしかないのだ。具体的なものが無くとも、誠意や熱意があればそれでよい。ただそれを人に示したり、強いるものではない。人を幸せにする事は、自身のためと知るのだ」
次郎「なるほど、そういうことか。三郎、獣がいたら俺がとっ捕まえて、お前に食わせてやるよ」
三郎「食べられる植物もあるね。山芋のつるが見えたら、僕が掘るよ」

さて、一日目、二日目と荷物を持って歩いていくと、体力に自信のある次郎とそうでない三郎に差が出てきた。三人とも会話が少なくなり、苛立たしさが増していった。こうなると次郎が先に始めた。

次郎「三郎よ、もう少し速く歩けんのか」
三郎「次郎兄さん、もう少し遅く歩いて欲しい」
次郎「これでも、合わせている」
一郎「少し休むか」
次郎「またか、兄者。三郎に甘いぞ」
一郎「そうは言っても、歩幅を合わせせんと最後まで旅が続けられないだろう」
次郎「・・・」
一郎「それなら次郎、このまま先に進め。分かれ道があればそこで待ち、食料を探して参れ」
次郎「わかった、そうしよう。三郎、俺は先に行くぞ」
三郎「・・・」

そう言って次郎は足早に歩きだし、一郎と三郎は座れるところを探して、休んだ。
再び歩き出し、しばらくすると、一郎と三郎は、分かれ道に差し掛かった。しかし、次郎はいない。

しばらく待つことにした。一郎と三郎は戸惑った。我々が来た道に分かれ道が他にもなかったか、それとも今、一郎と三郎がいる分かれ道は、次郎には分かれ道と思わなかったのか、そのような話をしていた。

よく見ると地面に矢印が描かれていた。次郎はこの矢印の方に行ったのだろうか。

一郎は三郎にこの矢印の方に行き、様子を見てくるよう言いつけ、一郎は、次郎がここに戻ってきた時のため、待つ事にした。

程なくして、次郎と三郎が道の向こうからやってきた。

次郎「兄者、参った。この先は進むと崖であった。見晴らしは良かったがこっちは進めない。こっちの道は間違いだった」

一郎「そうか、それはご苦労であった」

三郎「次郎兄さん、違うでしょう。崖の下にいたのでしょう。僕が見つけなかったらどうするつもりだったの？」

一郎「そうなのか、怪我はなかったか？」

次郎「大丈夫だ。いやぁ、面目ない。鳥の巣を見つけたんで、これをとって驚かせようとしたのだ」

一郎「次郎、急いては事をし損じることをよく覚えておくのだ。歩いていれば見つかるものも、走っていては見つからない。走ることも必要だが、長くは続かない。我々が毎年出稼ぎにいく者であれば、体力配分や食料の調達、寝る場所など旅に必要な知識や経験があり、豊富な判断ができることであろう。これは人生も同じ事、いっときの頑張りも大事だが、長く頑張れる事を見つけることも大切だ」

次郎「三郎、さっきは本当に助かった。見つけてもらわなければ、道に戻れなかった。歩くことが疲れたら、俺がお前の荷物を持ってやるよ」

三郎「ありがとう、次郎兄さん」

一郎「おい、次郎、三郎を甘やかすな」

次郎「ん?」

三郎「ん?」

これは、旅の道中の会話である。

三郎「花はどうして咲くのだろうか」

次郎「ふん、花が咲いた所で腹いっぱいにはならん」

三郎「そりゃそうだけど。根を伸ばすとか、葉っぱを増やす、とかならなんとなく意味がわかるけど、花というのは何だろうね」

次郎「この世にも無駄なものがあるって事だろうよ」

一郎「この世に無駄なものは、ありはせん。何かそれは意味があるのだ。花だって見る人の心をなごましてくれる。仏や誰かに花を手向けるだろう」
次郎「お、出たな。にわか賢者、我々のような農村離脱者で無宿でも何か意味はあるのかい」
一郎「我々も生まれたからには意味があるのだ。天から授かったこの命であるからして、天職は存在する。天が何をさせようとしているのか、わかる事は私には難しい。ただ、他人の言う事に都度戸惑い、自分に嘘をつくことをしてはいけないことはわかる。なぜなら、これでは目が曇るからだ」
次郎「兄者、難しいな。天の声があるわけでない」
三郎「直感を信じると言うことかな」
一郎「天が何をさせようとしているのか私にもわからない。ただ、うかうかと過ごす訳にはいかない」
次郎「直感ならわかる気がする。腹減れば食べものが欲しくなる。川を見れば魚を探す。生より焼いて食べたくなる」
一郎「それは生理的な欲求である」
三郎「誰かに嫌な事されて、仕返しをしていいの？　直感がそう言えば」
一郎「それは違う。それは直感ではなく感情である。感情には従うが、感情を制さなくてはいけない。また、欲というのはある程度達したら留めなくてはならない。人が皆、言いたいことを言って、感情や欲、本能をむき出しに過ごしていたら社会生活など

　続かないだろう」
次郎「兄者の耳の痛い話も制御できるといいのだが」
三郎「しっ」

　また、旅の道中の会話である。
三郎「しかし、次郎兄さんは、体が丈夫だなぁ、うらやましいよ」
一郎「昔から丈夫だったのではない。三郎の年のころはひょろひょろでもやしみたいな体格であったな」
次郎「そうだな。父上の畑を本腰入れて、手伝うようになったことと、町での用事を頼まれるようになってからかなぁ。あの時は、自分に体力がないことを自覚したなぁ」
一郎「そうそう。俺の代わりに行くようになったな。その代わり俺は畑仕事が増えた」
三郎「それで足が速くなったの？」
次郎「足はもともと速かった。兄者よりも速かった。だから父上も俺に言いつけるようになったのかもしれない。だけど、町まで走るのには距離はあるし、時間もかかる。早く用事を済ませて父上をびっくりさせたかったが、そうもいかなかった。だから、くやしかった」
三郎「どうやって足が速くなったの？」

次郎「父上にどうやったら速くなるか尋ねたんだ」
三郎「それで？」
次郎「足を鍛えて、骨を使えと言われた」
三郎「骨？」
次郎「何て言えばいいのだろうか」
三郎「僕も本を読んで勉強すればわかるかな」
次郎「そんな本があるのか」
一郎「もし父上がいて、『足を鍛えろ』と言われたら、どうするか？」
次郎「そうだなぁ、俺は木の棒で足をたたいて足の皮膚を強くしたなぁ」
三郎「重い石をもって、歩き続けます」
一郎「それでは、足が速くならない。父上がいれば、どのように走っていたかが訊けただろうに」
次郎「何が言いたいのだ、兄者」
一郎「足が速い人から学ぶことと、足が速くなるために知識を得ることとは、本質にたどり着くまで異なるのだ。立派な人から学ぶことと、本などから学ぶこととは本質が異なりやすいのだ。なぜなら、そこには自分の解釈が入るかどうかの違いがある。本書というのは、書き手の本質が必ずしも読み手に伝わるとは限らない。だから、本を読むときはここに気を付けることだ。また、立派な人の真似をすることも立派な学問だ。仕事であれ人徳であれ、立派な人の真似をするのだ。『学ぶ《まな》』の語源は『真似る《まね》』から来ている。人の真似をすることも大事なのだ」

しばらく兄弟に沈黙が続いた。

三郎「一郎兄さんはどうしてそんなに物知りなの?」
次郎「父上や母上からもそういった話を聞いたことがないなぁ。どこから学んだのだ?」
一郎「それは、天からだよ。自然からだよ」
次郎「どういう事?」
一郎「次郎、三郎、ここに大きな岩があるな」
三郎「うん、それで?」
一郎「三郎は、花を見るのが好きだったな。この岩を眺める事と、花を眺める事とどちらが楽しいかな?」
三郎「それは花を眺める事でしょう」
一郎「次郎はどうだ?」
次郎「それは花だろう。兄者は?」
一郎「私も眺めるとしたら花だろう」

次郎「何だそりゃ」
一郎「しかしだな、今見ている花というのは、来年ここにあるかな」
三郎「どういうこと？　来年になれば新しい花が咲いて目を楽しませるだろう」
次郎「眼の前にあるこの花は来年まで続かないという意味か」
一郎「そうだ。他にも、葉の色を赤く変える広葉樹もあれば、松のように一年中同じ色の葉っぱの木もある。花はいっとき楽しませてくれるがついには朽ちる。岩は人の目を楽しませはしないが、ずっと残る。人間もそうだろう。色男と一緒にいると楽しいかもしれんが、苦労を共にできる相手かどうかは吟味が必要であろう。こういった物事を学ぶには自然の摂理から学ぶことができるということだ。だから私の師は天なのだ」
次郎「はぁ、その天とやらはどうすれば、あの土地で生きていけるか、教えてくれないかなぁ」

お堂で一泊

三人兄弟が、道を歩いていると道外れにお堂が見えた。

陽が沈む刻にもなりそうだったので、三人はそこで今日は休もうと話した。

一郎「今夜はここで寝泊まりさせてもらおう。野宿ばかりでは、体が休まらないだろう」
次郎「布団があるといいな」
三郎「ないよ」

お堂の中に入ろうと扉を開けると、すでに人がいた。

年老いた浪人であった。我々よりぼろぼろの着物をまとい、裸足であった。そして見るからに両目が白く濁っており、盲目である事はすぐにわかった。

一郎は面食らったが、すぐに正気に戻した。

一郎「これは突然、失礼しました。我々も宿を探しており、今晩はここで共にさせてもらっていいですか」

浪人「もちろんですとも、私一人よりも心強い。若いの、今の私に身分はない、丁寧に扱わなくてもよろしい。あがりなさい」

と、簡単なやりとりをしたあと、兄弟はお堂の中に入った。

ほどなくして、三郎と次郎は眠りについた。

一郎は、眠れないので外に出て夜風にあたっていた。

すると後ろから浪人が話しかけてきた。

浪人「若いの、何か悩んでおりますかな」

一郎「はい」

浪人「私は目が見えぬかわりに、気を悟る事が出来る」

一郎「村を出たことが正しい事だったのか、この先どうなるのか、と」

浪人「もっともなことじゃ。人は生きているのではない。生かされていることを自覚なされ。では、何のために生かされているのか。それは人に尽くすためじゃ、お主のように心が塞がっていると良い考えも浮かばず、考えが誤ったものになってしまう。お主が村を出たのは天がそうさせたからであり、むしろ、その時、他に最良の選択があったであろうか。そなたがたとえ失敗したとしても、それは後悔ではない。後悔とは、頑張れるのに頑張らなかった人にある言葉である」

一郎は言葉が出なかった。ほんの数時間前に会った浪人から、そのようなことを学ぶことになろうとは思わなかった。

浪人「人を見た目で判断するなかれ、特に人の好き嫌いを決めてはいけない。その人のいいところが見えにくくなるだけ」

一郎は、心を見透かされたようで恥ずかしくなった。

浪人「あそこに、三つの墓が見えるかの」

一郎「はい」

浪人「あそこに埋まっている者たちを私は知っている」

一郎「はあ（長くなりそうだな）」

浪人「一人目は、自身を責めた者であった。自分を責める者は他人をも責める。周りから人が避けていった。寂しい最期であった。他人を思いやる者は自分をも思いやることが出来る。人の心は鏡である。己の姿を相手にうつしているにすぎない。

二人目は、一年中忙しくしているものであった。周りから見れば無用な用を作っては忙しくしておった。しかし、平和な世の中では、こうならざるも仕方のない事、こうでなければこの者の平和はおとずれなかった。それに悪い事はしなかった。ただ心を亡くした。心を亡くしたので、人をなくした。

三人目は、いつもはっきりとしないで、ぐずぐずしたものであった。このものは何をするにしても成就し得なかった。三人に共通することは、他人を敬う事が出来なかった事だ。人の幸せのために行動ができなかった。態度を示さなかった。他人に示す感謝がなかった。そして、三人とも死を恐れていた。そして死んだ。しかし、我は思う。天から生かされているのであれば、死も責任のうちと覚悟せねばならない。生死は昼夜と同じ事、恐れる事はない」

一郎「死を恐れる事は、この世に身体を授かり、感情が生まれてできたものです。死を恐れる事は自然な事でしょう。死を恐れるということは、この世に未練があり、今が幸せか、やりたい事がまだあるという事でしょう。反対に死にたいと思う人は、この世に楽しい事があれば生きていたいということでしょう」

浪人「賢いの、若いの。大事なのは、死を覚悟するという事を体得するのじゃ。その感情を乗り越えよということじゃ。これから出会う人に良い巡り合わせがあることを祈ろう」

一郎「村を出る時、弟に他人に施しをせよと説きました。だけど、今は、自分が幸せと実感していないのに、どうして他人の幸せを願う事が出来るのでしょうか」

浪人「なるほど。もう休まれるがよろしい。敬の心を忘れないように、下らない心も断ち切れよう。よい旅になりそうでござるな」

一郎の最後の質問の答えを知っているのか、誤魔化されたのか腑に落ちなかったが寝ることにした。

夜中、三郎が目を覚ました。妙な音がしたからだ。

それは近くで聞こえた。

何と浪人が我々の荷物をあさっているではないか。

三郎「何をなさる!?」

浪人「いや、探し物をしておった」

三郎「探し物？　我々の荷の中にあるのですか？」

浪人「これは、お主らの荷物であったか、これは不快な思いさせたな。失礼した」

三郎「目が悪いとは嘘ですか？　しからば、なぜその様な事を？　正直に答えないと兄らを起こし、執拗に問いただしますぞ」

浪人「別に目が悪いとは言っておらん。私の目が悪いと決めたのは、お主であろう」

三郎「情けをかけるため、油断させるため、目を濁らせたのか」

浪人「これは病気だ。実際に目は悪い」

沈黙ができた。

浪人「お主は善であるか、悪であるか」

三郎「お主よりは善であろう」

浪人「それは違う、お主は私の一面を見ただけに過ぎない」
三郎「屁理屈を始めるな」
浪人「善と悪は何によって決まるか？　私は腹が減って死にそうだというのに、お主らが持っている食べ物を盗んで何が悪いというのか、私の体が欲するものを得ることは善であろう」
三郎「訳のわからない事を。盗人が。それ以外何だと言うのです」
浪人「私にも言い分があり、私の正義があるのだ、それをわかって欲しい」
三郎「人のものを盗もうとした行為に変わりはあるまい」
浪人「左様。善と悪は、相手がいるかどうかによる。誰もいない森で獣をとっても誰も咎めない。村の家畜を盗れば捕らえられる」
三郎「だから常識や決まり、法律、令、掟等が存在する。よってお前の行為は犯罪だ」
浪人「では、お前は私に死ねというのか」
三郎「なぜそうなる」
浪人「金もない、食べ物もない、食べ物をくれるわけではない。他人のものには手を出すなという。他にどうしろと言うのだ」
三郎「お主は、その手癖を正当化しようとしているだけだ。やったことに変わりはないでしょう。我々も食べ物に苦労している。でも人の物は盗らない」
浪人「問いの答えになってないぞ。私に詰め寄るならば、先に問いに答えよ」

三郎「言い換えると、自分は目が見えて、普通に働けて、存在理由があれば、犯罪をしないと言うことですか」
浪人「そうだ」
三郎「手や口や耳など全てを肉塊にしたとき、その魂は悪には向かないと」
浪人「当たり前だ。誰が好んで人様に迷惑をかけるか」
一郎「三郎、もうよい。その者も生きる為に必死なこと、目が悪いのも本当だろう。我らとて与える物も無ければ、その者と同等な立場でもある。貧困や孤独があるところに犯罪は起きる。だから貧困や孤独は罪といえる。だから稼がねばならない。感謝される生き方をせねばならない。その者を見逃せ。そして寝なさい」
三郎「はい（一郎兄さん、起きていたのなら、もう少し早く止めて）」

翌朝、起きると浪人はおらず、兄弟も発つ準備を始めた。
お堂を出ると、一郎が昨晩見た墓が見えた。墓の隣に、大きな穴が掘られていた。

旅の道中

また、また、道中の会話である。

三郎「また花が咲いている。寒空になろうというのによくもまぁきれいに咲いている」
次郎「またその話か。俺にはきれいよりも、腹が満たされる方が良い。山芋の花を見つけたら声をかけてくれ」
一郎「三郎は、情緒的なものに気がつくなぁ」
三郎「どうして花は咲くのでしょうか」
次郎「その季節になったら咲くのさ」
三郎「でも、すべての花が咲く訳ではないでしょう。枯れる物もある」
次郎「そりゃそうだ。難しいこと尋ねるな」
一郎「花は止むに止まれず咲く」
次郎・三郎（始まった）
一郎「花は褒められたくて咲くのではない。蝶や蜂のために咲くのではない。植物は根を張り、葉を伸ばし、太陽を浴びて、栄養を蓄える。そして、準備万端整ったところで、蓄えた栄養が発憤するのである。花が頑張って綺麗に咲いているなぁと思うのは人間の勝手であって、自分本位な考え方である」
次郎「兄者は、堅いなぁ。大した興味のない話でさえ、うっとうしく聞こえる」
一郎「人間だって花と同じ。うちからほとばしる何かを熱意や情熱をもって行動をしたり、仕事をしたり、作品を作ったりすると、其の者も美しく見えるだろう」
次郎「それは同感だ。山芋を掘る兄者は美しい」
三郎「だから花が咲くの？　でも枯れるものもあるよ」
次郎「そりゃぁ、すべてがうまくいく事はないだろう。兄者が山芋を途中で傷つけることと同じだな」
一郎「そうだ。いや、次郎の話でなくて。花の話とは少し異なるが、もし立派な幹を育てようと思ったら、枝を剪定するのと同じように、我々も小さい欲を留める必要がある。この欲を漏らさない事で、神妙な働きが出来、心も健康である」
次郎「腹が減っては旅も続けられぬ。この食欲を留める事はなかなか難しいなぁ」
一郎「つまり、欲を制御しなさいということだ。腹が減ることは、体が栄養を欲している証拠、疲れて眠くなったら体が休養を必要としている証拠、腰が痛くなったら腰を労るよう体が指示している証拠、色欲も子孫を残すために必要である。しかし、食欲が過ぎるとお腹を壊したり、休みも過ぎれば怠惰になるし、色欲も溺れれば人生を破綻させることもある」

三郎「なるほど。必要な欲と、いき過ぎてはならない欲があるということですね」
次郎「でも、お金はあったほうがいいよな。我らとて年貢を納められただろうに」
一郎「それはそれで新たな悩みが増える。お金も使い方を知らねば、不幸になるだけ。年貢をしっかり納めていたら、役人に目をつけられ、絞られていたかもしれんぞ」
次郎「贅沢な悩みだな」
一郎「ただ、お金があるにこしたことはないな。お金がなくても幸せというのは、一握りの人間にしか達成しえないだろう。昨日の浪人とてお金があれば、人から物を盗もうとも思わぬ。お金がないことは、それはそれで不幸であろう。だけど、お金が無くとも私にはお前たちという財産がある」
次郎「こっちが聞いていて恥ずかしいことはだな、腹いっぱい飯が食べられるようになってから言ってくれ」

三郎「え、今日ここで寝るの」
一郎「え、今日ここで寝るの、嫌なの？」
次郎「宿があっても、泊まる銭がない。三郎、わがまま言うな」
三郎「仕方がないのはわかるけど、夜露がしのげないでしょう」
次郎「兄者、三郎が言うのももっともじゃ、風邪引くぞ」

一郎「そうだなぁ、まずは火をおこして、身体を温めよう」
次郎「兄者、ここら辺、湿った木が多いから、火をおこすのは難しいぞ」
三郎「ほらぁ」
次郎「そうはいっても、三郎はもう今日は歩けまい。夜を過ごす準備をするのは定石である」
一郎「よいか、お前ら」
次郎・三郎（また始まった）
一郎「ある日は山に登り、あるいは川を渉り、時には二日で十里を歩き、時には野宿してよく寝られないこともあり、食物がなくなってひもじい思いをしたり、時には寒さに遇っても衣類の用意がなかったりすることがある。しかし、これらのことは、実際の学問で、（心身の鍛錬になり、また人情の機微に触れたり）大いに役立つものである。これに比べると、何事もしないで、明るい窓辺で、綺麗な机に向かって、香をたき、書を読むようなことは、実際の力をつけることは少ないであろう。風も雨も霜も露も教えでないものはなく、人の君なる者は、しっかりと身につけておかねばならない」
次郎「うん。三郎、わかったな」
三郎「うん、どうでも良くなった」

農家で一泊

今日は農家で一泊させてもらうことになった。

この家は夫婦で暮らしていた。子供は二人いたが、食べ物を与えることができず死んだ子と、大きくなって奉公に出された子がいた。

農民はやはりこういった運命なのかと一郎は考えさせられてしまった。

なので、食べ物は恵んでもらえなかった。しかし、兄弟は、道中で捕まえた兎、採った山菜、拾った木の実をもっていたので、これを皆で食べようという話になった。

その家の主人の顔つきが変わって、客人を招くかのように、いろりのそばへ案内された。

他愛もない話が続いていたが、主人が農家の暮らしがなかなかうまくいかず家族に苦労をかけている話がでた。一郎らは、父上と母上を思い出した。三郎は、主人に、生まれ変わったら農家ではなく庄屋の子になりたいか尋ねた。すると主人は、

主人「今の生活がつらくとも、これは天が決めたこと。生まれ変わってもその運命を受けいれ、目の前の物事をこなしていくだけです」

三郎は恥ずかしくなった。

次郎「俺は武士になりてぇ、偉くなっていばって、俺を馬鹿にした村役人に頭を下げてもらいてぇもんだ」
主人「次郎殿、それはおよしなさい。武士とて、貧富の差はございます。全ての事業をするには、天に仕える心が必要です。そこには人を咎めたり、人に示す気持ちがあってはなりません」
次郎「う、兄者みたいなこと言う」
三郎「一郎兄さんが二人いるみたいだね」
一郎「かぶるなぁ」
主人「一郎殿には、敬があります。もちろん次郎殿、三郎殿にもあります。これからも身を引き締めて、天や人を敬いなされ」

そうこうして、一同は眠りについた。

朝、別れ際、主人が、
主人「ご兄弟、若いうちは体力が固まっておりません。性欲に注意なされ。壮年（おおよそ三十代~四十代前半）になったら、体が張り切っているから喧嘩に注意なされ。

中年は、欲張りに注意なされ」

一郎はにっこりし、お礼をいい、深々頭をさげて去った。

次郎、三郎は、お腹いっぱいの表情をしていた。

庄屋で一泊

一郎、次郎、三郎の旅は続く。

野宿が続いたので夜露を凌げる所で休みたい所であったが、その時ちょうどお屋敷があった。武家屋敷とはいかないが、商人の家なのか、立派な作りをしていた。

しかし、よく見ると、垣根は乱れ、壁にはひびがあり、雑草も生えて放ったらかしとなっている始末であった。

誰かいるのか、いないのか、わからないが、訪ねてみる事にした。

一郎「御免下さい。誰かおられますか？」
静まり返っていた。
次郎「何だか暖かい空気があるな」
三郎「履物があるね」
お里「はい」
奥から声がしてきたかと思うと、女中らしき綺麗な人が姿を現した。

お里「どちらさんでしょうか？」
一郎「旅のもので一郎、次郎、三郎と言います。あの、ここで一泊お邪魔願えませんでしょうか？　夜露を凌げればいいので、物置でも結構なのですが」
お里「はぁ、うちから盗むものなどなにもございませんことよ」
次郎「物盗りでござらぬ、出稼ぎに向かう身でござる」
一郎「次郎、控えなさい」
お里「確かに、物盗りではなさそうね。物盗りはもっと親切丁寧に挨拶してきたわ」
三郎「物盗りを泊めた事があるのですか？」
お里「泊めて欲しいと言う人は珍しくない。本当に夜露を凌ぐだけよ」
一郎「ありがとうございます」

　一郎、次郎、三郎は、物置に案内された。畳三畳位の広さで、錆びた農工具がいくつかあり、各々が足をたたんで寝る具合だった。そしてさらにこの物置もさびれていて、板と板の間に風が入り全く安堵出来なかった。

次郎「兄者、これで寝られるか」
三郎（次郎兄さん、やめて、始まるから）
一郎「うーん、そうは言っても案内してもらっちゃったし」

次郎「いや、そうは言っても。こっそり台所で寝ようよ」
三郎（次郎兄さん、頑張って）
一郎「物盗りとも思われたくないし」
三郎（大丈夫、思われない。次郎兄さん。もっと言って）
次郎「さすがにこの俺でも、なかなか寝られないよ」
一郎「俺、寝れる」
三郎（寝れるんかーい）
次郎「兄者、いつになく歯切れが悪いな。さては先ほどの女中に心をもっていかれているな」
三郎（確かに妖美であった）
一郎「わかった、家の中で寝られるか、訊いてくるよ」
一郎だけ物置から出て玄関へ向かい、再度訪ねた。
一郎「御免、おられますか」
またしても奥から「はい」と返事が聞こえ、寝間着姿のお里が現れた。
お里「何ですか？　病人がおります。静かに願えませんか」
一郎「これは失礼しました」
お里「何ですの？」

一郎「あの、贅沢な事を承知でお伺いしますが、家の中に泊めてはいただけないでしょうか？　見たところ大きなお屋敷ですし、土間でいいので、いかがですか？」
お里「主人に訊いてきます」
一郎「すみません（夫がいるんかーい）」
　お里が奥に行ったかと思うと、ちょっとしたら戻ってきた。
お里「主人がむしろ会いたがっています、旅の人と話がしたいと、さ、どうぞ」
　一郎は足を拭かせてもらった後、奥へと案内してもらった。
　案内されたのは床間であった。そこには色褪せた布団に入った、白髪で色白の痩せた老人が起き上がるところであった。
お里「主人です」
菊蔵「菊蔵と申す。若いの、出稼ぎに行かれると聞いた。私はこのような病気の身、家の中にいる日々が続いておる、何か話がしたくて呼び止めた。泊まらせるかわりにお主の話が聞きたいのう」
　一郎は自己紹介をしたあと、出稼ぎに行く事になった経緯や、お堂の浪人の事を話した。菊蔵は黙って聞いていた。一郎はこんな話でいいのか不思議に思ったが、大した面白い話ができるわけではないのでありのままを話した。

菊蔵「疲れた。寝よう」
一郎「すみません、あまり話は上手くありません」
お里「私ももう休みます」
一郎「あの」

一郎は結局寝床をどうしていいかわからなくなった。
隣の部屋に移ろうとしたとき、菊蔵が話しかけてきた。

菊蔵「一郎殿、我が家は数年前までそれは栄えた家だった。毎日食べ物と酒を交わしては、大勢と楽しんだものだ。特に音楽はいい。人を喜ばせ、元気にさせる。一郎殿は若い。欲ものびのびとしてよい。極端に抑制することなく漏れてもいいことだ。ただ、注意してほしい。例えば、自分がたくさん食べてしまう時があったとする、これは誰かの目にとまれば注意してもらえる。しかし、性欲の度を越すことは人目につかず、また他人からは言い難い。自分で律しなされ」
一郎「肝に銘じます（これはお里さんに夜這いをしないように牽制されているのか）」
菊蔵「人は同じような身体をもっているから、感情も同じようなものである」
一郎「はい、わかります」
菊蔵「いいや、わかっていない。情や欲は自分の一部であるから滅することはできない。

これをみだらに増長させたり、ほしいままにしてはいけない」
一郎（まだ疑われている）
菊蔵「他人からみて羨むような生活というのは、ただ、欲を満たしているだけに過ぎない。だけど、欲を満たせば幸せかというとそうではない。私にはそれがわからなかった。ある坊さんと話したことがあるが、その坊さんは言っていた。『天の道にかなったとき、私は幸せを感じる』と。私にはそれがわからない」
一郎「天が私に何をさせようとしているのか、私にはわかりかねます」
菊蔵「一郎殿は、随分と心の整理がついておられるように思われる。立派な人徳をお持ちのことであろう。私欲があってはならないが、公欲はなくてはならない。公欲がなければ、他人に対して思いやりを施すことができない。また、私欲があると他人に対して物など恵みを与えることができない。一郎殿は立派な人になるだろう」
一郎「ありがとうございます。菊蔵殿はどのようなご病気なのですか？」
菊蔵「いったいなんの病気なのだろうか。自分でもわからない。この家が栄えていたころ、些細なことで怒るようになった。私は、私に群がる人を見下し、軽蔑した。私にお金がなくなれば、私に群がっていた人らを失い、それから私は世の中への興味をなくした」
一郎「自分を失うと、人を失うと（浪人がそんなこと言っていたな）」
菊蔵「左様。お金がないと、人を雇えない。食べ物が買えない。お金がないとお金がうまれない。みるみる衰弱していった。私は悟った。お金というのはあるにこしたことはないが、幸せになるための一つの手段でしかない。お金が無くても大丈夫という者がいれば、よっぽどの変わり者といえるが、お金を求めることが人生のすべてではない。つまり、私の病気が何か、あえて言うなら克という、力を尽くして己に打ち勝てなかった病気。伐という、相手にひどい言葉で責めた病気。怨という、自分にないものを求めた病気。欲という、自分にないものを求めすぎた病気である。自分を律しなされ」

一郎「はい」

菊蔵「もう休まれるがよかろう。お里がどこかの部屋に布団を用意してござろう。そちらで休まれるがよい」

一郎「はい、失礼します」

一郎は深々頭をさげ、部屋をあとにした。それから何かを忘れていたが、布団で眠ることにした。

翌朝、一郎は、次郎と三郎と顔を合わせたが、なぜか二人は口を利いてくれなかった。

城下町到着

一郎、次郎、三郎は、町についた。

ここは都というより城下町だと後でわかった。

さて行く宛もないのは至極当然であるが、その町の賑わいといったら今までの生活とかけ離れたもので、ただただ立ち尽くすだけだった。

通りには人がいっぱいいて、馬がたくさんの荷物を引いて、尻を出した人が走りながら横切って、雅な着物を着た人もいれば、ぼろ布を羽織った全身真っ黒な人がよぼよぼ歩いていたり、それは、もうごちゃごちゃしていた。町の中に入ることも心の準備が必要であった。

一郎、次郎、三郎は、互いに顔をみることさえできなかった。

右に左に顔を動かしては、何をどうすればいいのかまったく考えがうかばず、進むことも、もはや帰ることもできず、各々が不安にかられていた。

ここでどうやって仕事を探し、年貢を納める金を稼ぐというのだ。

一郎「とりあえず、歩こうか」

町の雰囲気に気圧されて自分の足を思い通りに動かすことがやっとであった。町の誰かに気づかれないように、町の外堀に沿って、怪しまれないようにそっと歩いた。不安な顔は隠しきれなかった。今まで長兄としての態度を指し示してきた一郎でさえ、童心をあらわにしてよちよちした。はたから見ると兄弟は怪しかった。

さて、しばらく歩くと何やら音楽が聞こえてきて、賑やかな店に出くわした。そこでは、昼間から酒を飲んで、誰かが楽器を演奏して、男女が交わってどんちゃん騒ぎをしている一同がいた。

一郎は、これらのことから菊蔵の話を思い出した。欲を留めねば、いずれ自らを滅ぼしてしまうのではないかと、騒いでいるその一同らを心配に思った。

そう思うと、いても立ってもいられず、曲がったことを嫌う一郎の親切心からその者たちに忠告しよう決めた。一郎は、すたすたと騒いでいる連中に乗り込んでいった。次郎と三郎が、一郎を止める間など全くなかった。

一郎「各々方、拙者は一郎と申す。昼間からこのような酒など交わし、男女が集まってみだらなことをしていると、いずれは欲を留めることが難しくなり、朽ちてしまうぞ。

それらの態度、慎ましくするよう忠告する」

店内の一同や通行している人があっけにとられ、一郎をみた。

数秒経った後、どっと笑いが起きた。

客一「これはちげぇーねぇ」

客二「酒を水で薄めるか？」

客三「馬鹿野郎、そしたらもっと飲まなくちゃなるめぇ」

客一「これ、言葉を慎ましくしなさいまし」

一郎（この人たちは、もうだめだ。あぁなんということだ）

客二「おめぇいい度胸してんなぁ」

客三「いや、ただの怖い者知らずだ」

客一「いや、面白い。お前こっちに座れ」

そこへ女中があらわれ、一郎の手を引っ張って止めにはいった。

女中「あんた、何したいのさ。あの連中に喧嘩するならよそへいっておくんな。それに、
あんた見るからに弱そうだし。商売の邪魔よ、帰りなさい」

一郎「心配ご無用、それに帰る家もござらぬ」

女中はまたあっけにとられた。

一郎は男たちに勧めるまま椅子に座った。

次郎と三郎は一郎が見える位置に体を移動した。なぜ一郎が座ることになったのかわからなかった。

客一「喧嘩をふっかけているのは、わかる。侮辱しているのかどうか吟味することはともかくとして、そんなわかりきったことをしてもつまらん。お前と話をしてみたくなった」

客二「俺は楽しい酒が好きだ。女どもの気分が下がってしまった。おい、音楽をつづけろ」

客三「見るからに弱そうではないか、そっと帰してやれ」

一郎はだまってやり取りを聞いていた。

客一「そもそも、俺らの態度が気に入らないという、この一郎の態度が気に入らない」

一郎「私は忠告したまで。あれを申したのでお役は終わった。帰らせてもらう」

客一「いや、そうはいかせねぇ。俺の気が収まらねぇ。お前は帰れねぇ」

客二「早く話をつけろ、ただこの若造の困った顔も楽しそうだ」

客三「若い者、何で話しかけてきたのだ」

客一「そもそも、俺ら昼間から酒を飲んで楽しくしていたらいけないのか？」

客二「そりゃそうだ。俺らは金を払って、好き好んでここにいるのだ。お前の許可が必要なのか。俺らが金を払わなければ、この店だっておしめぇだぞ」

一郎「旅の道中に出会った老人が言うには、欲を気のままにするとろくなことがないと言った」

一郎はちょっと怖くなったので内容を抑えていった。
一同は笑った。
客一「それは違ぇねぇ」
客三「若いの、それは違う。俺たちは、今でこそ昼間に酒を飲んでいるが、いつもそうかというとそうではない。今の時間の俺ら、今の行動、ひとつの側面をみて、我らの人間像を判断しないで欲しい」
客二「そうそう、昼間から酒を飲めるなんて、贅沢であろう。贅沢ができるには理由があるのよ」
客一「確かに、酒は、人を怠惰にし、ぜいたくは家を滅ぼすもとである。反対に、勤勉、節約が家運を興させることができるだろう」
客三「世の中に泰平が続くと、楽しみごとが多くなるのは自然の勢いである。この勢いがあるところに天意がある。男女が集まって、歓び合い、酒盛りなどして歌ったりおどったりすることは、どこでもしていることで、止めてはいけないことだ。これを強いて禁止すると、人心が抑えつけられて発散するところがなく、隠れて悪い事をしたり、ひねくれた事をしたり、または内部に固まっていろいろの病気を引き起こして、その害は禁じえないより甚だしいことになる。わかるか？」
客二「それに加えてだな。これは政治にも言えること、人の心の赴くところを酌みとり、適当に取り、禁ずるでもなく、禁じないでもない状態にしておいて、一方に偏り過ぎなくするがよい。これが時代に順応した政治である。我々だって騒がなければ毎日乗り切ることがつらかろう。あぁ俺が可哀そうだ」

一郎は、田舎の農村で食べ物に困っていたものだから、この雅な服を着ている者たちでさえも辛いというのか、食べ物が十分にあれば辛いはずなかろうと、疑問に思った。

客三「表を撃てば裏に入って、どうにもならなくなるから、表をゆるめて、ある程度表現させ、内なる精神を整えて悪しきにならないようにする方がましということだ」

客一「若いの、お前だって、汚ねぇ着物に汚ねぇ足して、ひょろひょろな体して、見るからに弱そうでないか。それで女を守れるのか。家族を養えるのか。俺らに説教するなら自分のことを考えたらどうだ」

すると、話の途中で、店の主人と女中がやってきて、一郎を両脇から抱えて持ち上げ、店の外に追い出した。

客一が今度は店の主人に怒りをあわらにした。

店の主人は、店の中にもどり、客一を説得してくれているようだった。店の主人が酒をおごるのかわからんが、一郎はこの場をなんとかしのいだ。

すぐさま次郎と三郎が一郎に駆け寄り、これまた両脇を抱え、遠くへ一同は行った。

次郎「兄者、無茶するな、というか何しに行ったんだ」

三郎「勘弁してよぉ。あの人、刀持っていたでしょう。お侍さんだよ。侮辱したと思われたら切り捨てられるよ」

三郎は泣きながら言った。
一郎はまだ黙っていた。足ががくがくしている。
一同が先ほどから少し離れた人通りの少ない路地の日陰で、佇んでいると、町の人が話しかけてきた。
町人「おい、お前ら、ちょっとここへ来い。新しい神様を作った。お金に縁がある神様だ。お前ら幸が薄そうだから、ここへ来て拝んでいけ」
兄弟がふと其の者が言う方へ目をやると、持ち運べるほどの小さなお堂が作られていた。綺麗な箱に屋根がついていて、何やら筆で文字が書いてある。これがこの神様の名前だろうか。
一郎、次郎、三郎は言われた通り、手を合わせて浅くお辞儀をした。
町人「よしよし、きっとご利益があるぞ、十文置いてゆけ」
次郎「なに、金をとるのかよ、最初に言えよ」
一郎「我々には銭がない。心苦しい」
町人「俺がつくった神にけちつけるのか。お前らのような無宿に声をかけてやったのだ。十文でいいから払えよ。それとも二十文にするぞ」
三郎「そもそも、何のご利益があるの？」

町人「お前らは銭に困っているのか、ならこれはお金の神様だ。金運が上がるぞ」
次郎「初めから金目当てだったのか」
一郎「お主、滑稽であるぞ」
町人「なに」
一郎「この神に祈ればご利益があり、金運が増すというのであれば、貴殿がそれをなされば良い。我々からはした金を接収せずとも、ひたすらその自分でつくったという神に祈ればよかろう。そうすれば、貴殿は生涯金持ちであるな」
町人「貧乏人が強気なことを言う。お金を払ってでもお金持ちになりたい輩は後を絶たない」
一郎「貧乏で何が悪い。貧乏は、天が与えた試練であるのだ。貧乏や天災、病などこれら災いは、神に祈っても神は応えない。なぜならこの災いは避けるものでないし、避けられるものでない。仮に避けられたとしても別の何かで天は試練を与えようとしてくるだろう。天理に順って身を修め、正当な運命を受けるしかないのだ」
町人「なんだ手前、ずけずけと、言いたいこと言いやがって」
次郎「おい、よく見たら早速神様に落書きがしてあるぞ」
三郎「これは、この神の悪口ではないな。どうやらお上のことを書いてあるようだよ」
　町人も覗き込んで、黙って座り込んで自分の膝を叩いて、自分が作ったものが誰からも相手にされないことを悔しがっているようだ。

この兄弟は田舎育ち故、政治といったお上の行いをよく知らない。ただ、三郎は、一郎や次郎より、寺子屋に通っていた時期があったので、比較的兄らより文字が読めた。

お上の悪口は、俳句で書かれていたが、おおよそ解釈するとこうであろう。

国民の上に立つものは、国民全体をもって一党となすべきで、党派が分かれるということは、そのものが衰えたことを示し、国家の乱れの兆しである。また、道理に適さず、全体の善悪を問わず、一時の利害しか考えず、永久の利害の考えないようであれば、これは国家の危機である、とのことであった。

町人がその落書きを消しに来た。

兄弟はその場を静かに通り過ぎた。

次郎捕まる

町一「いたぞ、こいつだぁ」
加役「この者か」
　一郎らが、ふりむくと、怖い顔した役人らしき人たちが、兄弟に向かって走ってきた。
　一郎らは、（なにやら騒いでいる人がいるなぁ）と思っているだけで、歩きつづけていた。するとどうだろう、町奉行が次郎の腕を引っ張り、乱暴な扱いをし、次郎の顔を地面にたたきつけ、上から乗っかり、懲らしめた。
一郎「何をする？」
　一郎も怒りをあらわにして、尋ねた。
加役「昨日、旗本の米が盗まれた。背丈格好、服の色、こやつで間違いない」
一郎「我らは、本日この町に着いたばかり。旗本の家も米が盗まれたことも知らぬ。昨日のこの町の話など、もっと知らぬ」
次郎「兄者。これは。話も聞かず、一方的だ」
加役「なに、お前ら兄弟か、こいつらも連れていけ」
一郎「待ってくれ。本当になんのことか分からぬ。米をとったというならその米はどこに

　ある」
加役「そんな話は後だ。吐くまで処する」
三郎「あんまりだぁ。お腹は空いているけれど、人様のものを盗ったりすることはない」
加役「それはどうかな。小さな私欲を留めることは難しい。心というものには常に隙がある。目の前の小事には心を動かされやすい。こやつだって、腹がすいていることを認めたではないか。米を盗んでも不思議でない」
三郎（ありえる）
一郎「それは違う。なぜなら、それは自分を欺くことになるからだ」
加役「自分を欺いたのではない。我らを欺いているのだ」
一郎「他人を欺くということは、自分の誠意に反していることであるから、やはり自分を欺くことになる。次郎はそんなことはしない」
加役「えぇい、たらたらと何を！　早く！　こやつら全員連れて行け！」
　こうして一郎らは、役所に連れて行かれることになった。

一郎の訴え

果たして、一郎、次郎、三郎は奉行所に連れられることとなった。

先ほどの場から、幾分歩いただろうか、町の中を見世物のようにひたすら歩いた。一郎、次郎、三郎、歩き始めたころは、これからどうなるのだろうかという不安と、町人からの視線といった恥ずかしい気持ちが胸の中を埋めていたが、こうも歩く時間が長いとそういった感覚は麻痺され、空腹と相まってか、何も考えることもできず、地面をひたすら見ては歩き、旅の楽しかった時間を思いだすこともなく、そういった気持ちは、どこかへ行ってしまった。

奉行所というところに到着したらしい。連れ歩いてきた一番偉そうな人が、「これからお前らを吟味する」という。

事前に我らの名前を伝えていたので、奉行所の門のわきの長屋から名前を呼ばれ、門の鍵が開けられる音が聞こえた。その音、音というより、その響きは鐘のようで、空腹もどこか行くほど驚嘆した。

門の中へ入るなり、白洲のきれいな砂利の上にある敷物に座るよう命じられた。そこで罪状が述べられ、改めてここへ連れてこられた理由がわかった。弁解しようにも発言は許されず、この場は終了した。

つづいて、移動したところは、先ほどより小さなところでこちらも白洲がひいてあった。ここから与力という役職の取り調べが始まった。

与力「おい、無宿。お前は農民らしいが、なぜ盗みを働いた？　腹が減ったからといって、人様のものを盗んでいいものか。でもお前の気持ちもわかる。腹が減ればしかたのないことだ。お前がやったのだろう」

一郎「我々は盗みなどしてはござらん。そもそも我々の罪状を先ほど初めて訊いた。むしろもっと聞きたい」

与力「旗本の米がなくなったのだ、犯人を捜しているうちに、そこのでくの坊が米を持って走り去っていくところを見たという者が現れた。早く白状せい。こちらは忙しい」

次郎「俺はやっていない。今日この町に着いたばかりだ。そのなんとかという家も知らない」

三郎「やっていない証拠に、我々は空腹になって今にも倒れそうです。もし次郎兄さんが米をとったというのなら、我々兄弟で何とかして食べていることになる。この空腹に説明がつかない」

一郎「証拠もないのに、我々を責め立てること覚悟の上か」

与力「だから、証拠はある。今そのでくの坊が走っていく様を見たという者がここに向かっておる」

しばらく問答が続いた。

与力は自白をさせたいようであったが、兄弟が激しく反発したので、疲れてしまった。しばらくして時間が過ぎた。また、忙しいのも本当らしく。早くこの件を片付けたがっている様子であり、苛立たしげであった。しびれをきらして、与力から話を始めた。

与力「なぜ、このように人を裁く場があるかわかるか？　秤はものの重さをはかることができるが、自分の重さをはかることはできない。定規はものの長さをはかることはできるが、自分の長さをはかることができない」

一郎「それは違う。人の心は、外のものの善悪を判断するが、自分の心の善悪も知ることができる」

与力「それは違う。自分の心の善悪をきちんと判る者とそうでない者もおる。そして、過去の非を後悔する者はいるが、現在している非を改める者は少ない。現在の非を認めることが大切であって、過去の悪かったことを思いおこしても収まるものではない。現在の非を改めてこそ意味があることである」

三郎「次郎兄さんがやったというなら、そなた様の言うことも受け入れるが、本当に我々は本日この町に来たばかり。どこの店で、どのくらいの米の量が盗まれて、誰が次郎兄さんの盗ったところを見たというの」

与力「今、その者を呼んでいる。まぁ其の者が来なくとも俺にはわかる。お前らのその貧相な格好からして悪人ではないか。人の心が外に現れるところは、言葉と顔色である。その人の云う言葉を推測して、顔色を見れば、その人が利巧か馬鹿かわかるもので、決して隠すことはできない」

次郎「あんまりだぁ」

一郎「よく人を容れる雅量があって、初めて人の欠点を責める資格がある。雅量のある人から責められれば、人もその責を受け入れる。反対に、人を容れる雅量のない人は、人の短所を責める資格がないし、こういう人に責められても、人は受け付けない」

与力「なんだと！　小僧、よくも言ったな。お前の口に教えてやらねばなるまい。口というのは二つの禍いを生むのだ。まずは口から入る禍い、これは病気じゃ。もう一つは、口から出る禍いじゃ。その言い放った言葉、後悔させてくれる！」

一郎「まだわかってもらえぬか」

与力「やっていないという証明はない！」

三郎「やっているという証明もない」

与力「やったという証言がある」
一郎「その者はいない」
与力「今に来る！　そうなればお前らは終わりだ」
一郎「そもそも、やったという証明もないのに、やっていないという証明ができるわけなかろう」
与力「黙れ黙れ黙れ！」
一郎「あえていうなら証明ならある。私には敬がある。心に敬があれば、妄念を起こさないから、心はいつも純粋で混じりけがなく、はっきりと明るい。くだらない考えを起こさないのが敬であり、くだらない考えが起きないのが誠である。自分をおさめるのに、この敬をもってすれば、人々を安ずることが出来る」
するとそこへ、別の役人に連れてこられた町人が来た。よく見るとさっきの客三ではないか。
客三「奉行殿、あっしは首代でして、盗賊の首領かと思われる浪人と酒を酌み交わしていたところ、この者どもが邪魔をしたんでさぁ。この者どもは店の主人に追い出されたけれども、その浪人は、気がおさまらず、この者どもが盗人だと言う噂をあちこちに吹聴したんで」
役人「何？　するとこの者どもが盗みを働いたということは、真でないと」

客三「へぇ、この者どもは盗みを働く度量も無ければ知恵も無いと思うとりました。ちなみに盗賊の首領と思っていた浪人は、こんな小さな事で怒りはためく事をするんで、小物でしょう。むしろ、自分が盗ったことを、この者らになすりつけているのではないかと心配しております。店の主人と勘定でもめてましたから」

与力はしばらく、呆気にとられたが、一郎の生意気な態度を思い出し、思い出したように怒りだした。そして、これまた、与力より偉い人がでてきて、やかましいこの与力を止めにはいった。

役親「これ、与力。みっともない。素直に間違いを認めよ。度が過ぎるぞ」
役人「しかし」
役親「きちんと調べもせず、この者らを疑ったことがよろしくない。憐み痛む心も、度が過ぎると、愛に溺れて身を亡ぼすものあり。自分の不善を恥じたり、人の不善を憎む羞悪の心も、度が過ぎると、首をくるものあり。善悪、正邪を識別する是非の心も、度が過ぎると、喧嘩や訴訟するものあり。ちょうど塩と同じ、うまいものもまずいものも塩の加減で決まる。わきまえ、辞退し、事態を収束せよ」

与力の態度が改まり、
与力「おう、お前らもう帰っていいぞ。あ、ちょっと待て。役親さん、こいつらに握り飯でも食わしてやってくんねぇかな。腹減っているらしい」

役親「おう、そうか、お前らこっちへ来な」

役親の案内で、一郎、次郎、三郎は、裏へ回るように言われた。

食事にありつく

我々が出稼ぎのため上京したと知るとその人は、握り飯ではなく、慎ましい食事を用意してくれた。兄弟は縁側に座った。食事は、冷やご飯に漬物、汁物と一般的な食事を出してくれた。久しぶりの食事だったので、涙が出るほどうれしかった。罪に問われたことがむしろありがたく思うほどであった。

その役親は、食事中、色々なことを教えてくれた。町の事、町の中でやってはいけない事、近寄ってはいけない所、そして、奉公口が奉公人として求職者を雇うか雇わないかの判断は、この食事の仕方によって決まることを教えてくれた。奉公口は、その者の素質や素養がどういったものか見るに、食事を出し、主人の前で食べさせ、その食事の仕方や作法を観察されるという。このため、役親は、食事の作法も教えてくれた。特に次郎は注意された。

役親「手を一つあげるのも、足を一つ動かすも、皆礼である。日常の行動の中にも、存在するのだ。だから、日常の行動は、礼の精神にずれないようにしなさい」

次郎「礼とはなんですか?」
役親「礼とは相手を敬う精神である。昔の意味とは少し違うが、人間関係を円滑にすすめ、社会秩序を維持するための道徳的な規範をも意味する」
次郎がその内容を処理できなかったとみて、
役親「自分がいて相手がいる。人は一人では生きられない。そうした中で、自立した精神を持ちなさい。そうすれば、何をしなければいけないかがわかる。吾は唯、足を知る。礼を尽くさねば、誰からも相手にされない。なぜなら、それは、相手の優しさに甘えていただけと、気がつくだろう」
三郎「僕はいつも兄さん達に甘えてばかりだ」
役親「まずは、そう思う事から始めれば良い。ただ奉公先ではそうはいかんだろう」
次郎「俺はまともな会話が出来るか心配だ。難しい話についていけそうにない」
役親「それはこれから学ぶが良かろう。あまり難しい事を覚えても使いこなせなければ難しい悩みが増えるだけかもしれん。ただ、本や詩を読まなければ、まともな会話ができない。礼を学ばなければ世に立てない」
次郎「もう、難しい」
一郎「次郎は、素直である。気にするな」
役親「一郎殿と申したな。お主の態度、立派であった。丈夫たるものは、他に頼らず、一人立って、自信をもって行動する事を良しとする。権力あるものにこびたり、富貴の者に付き従うようよう考えを起こしてはいけない。君は立派に奉公先で頼られることだろう」
一郎「恐縮でございます。ただあの時は、次郎があのまま連れて行かれると思ったので」
役親「ふむ、あの者は、冤罪を生むのでないかと、わしはいつも冷や冷やしておる。何事も自分の本分として、しなければならない事は、敢然とこれをなして避けてはいけない。しなくてもよいことをやめないでした場合は自分から問題を起こすものだ」
次郎「怖かったよぉ、俺どうなるかと思って」
役親「何にせよ、仁義礼智信を学び、孝悌忠信を果たしなさい」
※仁・仁義、真実、誠。人を思いやり、優しさをもって接し、己の欲望を抑えて慈悲の心で万人を愛す。
※義・義理、筋。私利私欲にとらわれず、人として正しい行いをし、自分のなすべきことをする、正しい生き方。
※礼・礼儀。人間社会において、親子、夫婦、君臣、目上などの、社会秩序を円滑に維持するために必要な礼儀作法。
※智・智徳。学問に励み、知識を得て、正しい判断が下せるような能力。
※信・確信。信頼、信用、正直など。約束を守り、常に誠実であること。
一郎「これは、難しい。ただ、仕える人がすべて正しいとは限らない。奉公人をだめにする主人はおられると思いますが、いかがでしょうか？」

役親「そういう時は、天を相手に仕事をするのだ。天を相手にして、己を尽くし、人を咎めず、自分の足りないものを常に探しなさい」

それから役親に、奉公先のあてがないことを相談すると、何やら知り合い数人と会話をし、いっきに奉公先が決まった。後で知ったが、出稼ぎとしてはなかなか人気でないところで、手は欲しいが、給与が低かったり、仕事が辛くて抜けるものがでる、そういったところだったようだ。兄弟は、飯が食べられれば必死に働くと、どこでもいいから紹介してくれとお願いした。先祖の土地のことはすっかり忘れていた。

一郎は、子供の教育に従事し、次郎は、大工となり、三郎は、医者の助手となることになった。

一郎は寺子屋に

かくして、一郎は子供が通う寺子屋で働くこととなった。

今いるお師匠さんは、読み書きやそろばんの計算を教えることは得意だが、暴れまわる筆子にしつけを言ってきかせることが苦手のようで、一郎が抜擢された。


寺子屋は、お国の方針で設置されていた。農家や町人でも自立した生活ができるように、または、それらの次なる家長を育てるための教育が必要だということから始まった。農村でもこういった教育の場には一郎はお世話になったのでなじみがある。ただ、こちらの寺子屋は農村の寺子屋とは少し違うようだ。

一郎は、お師匠さんと最初話をした。挨拶を交わし、月並銭の説明を受けた。とてつもなく安く、出稼ぎというか食事で終わってしまうものであったが、食事は殊の外、農家から現物でもらえることがよくあるというから食べるにはあまり苦労しないことを言われた。

そして、どんな仕事でもやると決めていたからにはやるしかなかった。

お師匠さんは、子供らに読み書き、漢字、そろばんなど商売に必要な最低限の事を教える事としていた。この教える内容は、全国あるこういった寺子屋では、ある程度統一されており、その内容に沿っているものだと教えてくれた。そして、お師匠さんは、筆子らに言って聞かせている内容を一郎にも教えた。

また、お師匠さんは、しつけの内容とする知識をきちんともっているようであるが、どうも一人で教場を任されては、学を教えることが目一杯で、細かい躾に目が向けてやれないという悩みを持っていた。

さて、仕事の内容は理解できたが、今まで農家以外の仕事をしたことがない。

そうこうしていると、筆子らが中に入ってきた。入り口で頭を下げてお師匠さんに頭を下げ、挨拶をし、それぞれの席に着いた。

しかし、まぁ子供らをみるとその自由な姿がなんとまぶしいことか。学びの時間が始まると間もなくして、筆で絵を描き始めたり、鼻と口で筆を挟んで笑かしたり、すぐ立ち上がるし、じっと座っている子の方が珍しい。あと、とにかく喧嘩が多い。

お師匠さんは、学を教えるのにこれではいかんと頭を悩ませているようだ。

お師匠さんは、子供が好きではあるが、立派な大人になって欲しいという思いからついつい憤慨してしまうそうな。

一郎は、初日、子供らに散々馬鹿にされた。お師匠さんから簡単な紹介をしてもらい、授業に移ったのだが、まず、着ているものを馬鹿にされた。子供の生意気さには一郎は慣れていると自覚していたが、なんせ人数が多い。一郎の着物はボロボロに加えて、つぎはぎがしてあった。一郎は風呂にも入ってないので、肌も黒くこれも馬鹿にされた。子供達があんまりうるさいのでお師匠さんが「静かにせんか」と大声を出すと、あっという間に自分の席に戻り、筆を持ち始めた。

続いてお師匠さんは礼儀の教育を熱心にされていた。これも国の方針であり、「礼儀なき子どもは読み書き学ぶ資格なし」が鉄則であった。

具体的には、寺子屋には塾則があり、その中に「礼式」があり、この決まりを子どもらに守らせていた。具体的には左記になる。

一、　朝寝坊しないで起きたら水で顔を洗い、まずお天道さまを拝みご先祖さまを拝みなさい

一、　正座して畳に手をついて額をさげ、心静かに一礼して来た順に着席しなさい

一、　素読を始めたら互いにおしゃべりしてはならない

一、素読が終わったら線香二本が燃え尽きるまで必ず復唱しなさい
一、手習いが終わったらなら静かに墨をよく摺って落ち着いて清書に向かいなさい
一、来客があった時はたばこ盆とお茶を出し、皆一緒に一礼しなさい
一、来客中は大声で素読しないようにしなさい
一、十歳以下の子供はお茶当番をしなくてよい。十一歳から勤めなさい
一、断りなしに教場から出てはならない
一、大便・小便を催した時は、ぞろぞろと行かないで一人ずつ行きなさい
一、昼休みは遠くへ行かず近所で行儀よく休憩しなさい
一、友達は兄弟同様であるから仲良くして、互いに行儀を正し末々まで親しく付き合いなさい
一、筆子同士のけんか口論は皆本人が悪いから起きるので、親はいちいち取り上げてはならない
一、自分より素読の遅れた者に丁寧に親切に教えてあげなさい
一、十歳から下の子供に日に一度は手を取って書き方を教えてあげなさい
一、お師匠さんに挨拶しないで帰るときは他の筆子にさよならを言いなさい。家でも朝夕の食事の時は父母に向かって礼をしてから食べなさい
一、親類、縁者が訪ねて来た時は必ず応対しなさい
一、右の箇条を毎日読み聞かせ、必ず礼儀作法を身につけなければならない

寺子屋には、読み書きの前に、人としての礼儀作法をしつけなければならないという強い使命感があった。他、子ども同士の喧嘩・口論は日常茶飯事であり、原因は他愛もないお互いの内にあるのであるからいちいち親が取り上げてはならない。子どもの喧嘩に親は口を出すな、師匠に任せ、干渉は許さない、師匠と子どもの師弟関係には親とて介入できないきまりがあり、こうすることで教場の中で連帯意識ができてくるという。

寺子屋に通うか通わないかは、親や子供が自由に決めていいようで義務ではなかった。しかし、このご時世、読み書きに始まる文字文化を遊びから学ぶと、放蕩となり、結果、家産を没落させることは珍しくなかった。

この「礼式」を作成した人も長い体験を経て、肌で感じたことをお決めになったそうな。

これには一郎も頷き、昔自分が学んだことを思い出し、私の考えが間違っていなかったということと、自分が農村でうけた教育より高度な気がし、自分の足らなさを自覚して恥ずかしく思った。

お師匠さんは一郎に「本日は何もせず私が何をしているかよく見ているように」と指示

した。

今の時間は読み書きを習っているようだ。

お師匠さんが手本を示して、これを筆子が書くといった具合だ。

筆子は全部で四十人くらいだろうか、お師匠さん一人、なかなか骨のある事だと思ったが、あまり細かい事を気にしないことだと、後で教えてくれた。


子供らは書を書いて、部屋の上方に座っているお師匠さんに正しいかどうか見せに行くと言う流れで今の時間は過ぎていった。


さて、何もせずボーッとしていても、これはこれで大変だったので、目の前にいる子が、どうも筆の持ち方がよくわからないとして、不恰好な文字を書いていた。

流石に一郎は見兼ねて、筆の持ち方をその場で教えてやった。

その子はありがとうと礼を言ってくれたが、この後が大変だった。

それを見ていた子供が、
子一「おい、そいつに読み書きを教えるな、どうせ無駄な事だ」

子二「おい、俺も筆の持ち方がわからん、教えろ」

子三「おい、おいら肩がこった、肩の揉み方がわからん。手本を見せてくれ」

など、一郎は何が起こっているのかわからないくらい、頭が白くなり、礼の教育はどこに行ったのだとすっとんきょうになった。

この問答にはお師匠さんは介入する事なく、一郎自身で事を収める事を期待しているようだった。

さて一郎はどうしたものか、問答は次の子、次の子と続き、部屋全体が騒がしくなった。

一郎がたじたじしていると、流石にこれでは教える場にならんとお師匠さんが止めに入った。

一日目の終わりに、お師匠さんと振り返りをした。

師匠「一郎殿、声をかけたのであれば、最後まできちんと事態を収束せよ。この教場の責任は私にある。何もするなと言われたら何もするな。言われた事以外するのであれば、それは一郎殿の責任になる」

一郎「面目ございません」

師匠は笑って、
師匠「筆子がどういった者かわかっただろう。自分一人では何も出来ないのに、生意気で、言われたことをそのままする事も難しく、大人の思う通りにはならん。しかし、だからこそ教育が必要なのだ」

一郎「はぁ、私は田舎出身の身、こちらにきて戸惑う事ばかりでございます」

師匠「子供らがあんなに口々に言うのも興味を示している証拠、悪く思わないで、子供はあぁいった者だと理解するが良い」

一郎「はい。それぞれの筆子の歳も違うように思いますが、おいくつくらいからここに通うのですか?」

師匠「ここでは、六歳から十歳の筆子がおる」

一郎「そうなると、頭の良さや躾を受けた分、態度にも違いがでますね」

師匠「左様、それに、同じ歳でもこれも十色である。漢字は覚えないが算盤が速い子、礼儀は正しいのに友達ができない子、大人と話す方が楽だと言う子もいる。ただ、覚えておいて欲しいことは、人間の本性は同一であるということで、気質が異なるのだ」

一郎は黙って聴いていた。

師匠「本性が同一であるから教育の効果がある。気質が異なる事に個性があり、理想はひとりひとりに合致した教育を促すことだ」

一郎「大人になっても教育は必要ですか? なぜ子供にあのような事を教え込むのでしょう」

師匠「一郎殿は、理屈っぽいな。まぁ、真剣に向き合ってくれている証拠として答えよう。人は、若くて元気壮んな時は、時間を惜しむことを知らない。もし知っていても、そう大して惜しむには至らない。四十歳を過ぎて初めて、時間を惜しむことを知る。すでにその頃になると、精力がだんだん衰えてくる。故に人は学問するには、須く若い時に志を立てて、大いに励まなければならない。そうでないと、後になって、どんなに悔やんでも無益である。鉄は熱いうちに打て、若く体力のあるときにしっかりと正しい方向へ導かなければ、その者が大人になって苦労してしまう」

一郎「うーーん、それでは私はここの子供らに生涯勝てないということでしょうか」

師匠「なぜそう思うのかね」

一郎「六歳の時から高度な勉強をしてきた大人は、私のような精神が凝り固まった大人より、優れている事でしょうから」

師匠はまた笑った。

師匠「大事なことは、大きな志を持つ事だ。志をもって大いに励む事だ。そして義のある大きな志をもつことで大義を成し、ひいては世界に立てるのだ」

一郎「今までは家族のために働いておりましたから、師匠のような多くに影響あることはございません」

師匠「志は何も明確にされてなくてもよい。人の為に尽くす事も大事な志である。それに志をもつのに大事なことは、発憤する事だ。子供らの喧嘩を止めないのも、我慢させすぎないのもこの発憤を抑えないようにする為だ。発憤するのは、学問に進むための重要な道具である。『俺はなれる』と思うか「俺はとてもなれない」と思うかが、人間の一生の分かれ路である。一郎殿、安心しなされ」

師匠は夕食の支度をするからと、一郎に町内を回ってくるよう命じた。
夕食の時、お師匠さんとの会話は続いた。
師匠と私では仕事の役割が違うと。
一郎「どう言う意味でしょう。本性と気質の違いはなんとなく分かりましたが、本性からして教育はお師匠さんがし、私が子供の気質に沿った指導をするということでしょうか?」
師匠「うむ、察しがいい。ただそれでは足らぬ。教養とは、父道と母道のことである。教とは天道であり、父道である。養とは、地道であり、母道である。教育とは、父の厳と母の慈によってうまく治まる。これは教育だけでなく、政治や健康にも当てはまる」
一郎「つまり、師匠がきつく言うから、私は優しく話しかければ良いということですか」
師匠「それも違う。優しいと甘やかすとは違う。優しさも子供の自立に必要であるが、優しいだけでは、子供は自立しない。つまり、私以上に厳しくせず、私の足らぬ配慮を子供らに施せということだ」
一郎「わかりました。ただお師匠さん」
師匠「なんだね、よく質問する人だね、疲れたぞ」

一郎「まだ不安がございます。ここでやっていけるかどうか」
師匠「一日目で何がわかったというのだ？　進退は君が決める事だが、なんとも情けない。あのな、一郎殿、選べる世界と選べない世界、私から見ればどちらも悩みの内容は違うにせよ、問題を抱える量は同じに思える。なぜなら人間には欲があって常に求めるように出来ているからである。だから悩むことは当然である」
一郎「いえ、すみません。言葉が足りず。お師匠さんに迷惑がかかるのではないかという意味です」
師匠「迷惑？　迷惑というより手間はかかる。けれど、一郎殿が成長する事は、私の生活も豊かになるという事、だからこれを惜しまない。それに不安なのは当然である。なぜならここで成功したわけでないのだから、手応えも何もなかろう。その不安はそのまま大事にしなさい。その不安をかき消すために爆発的な力を発揮する人もいる」
一郎「はい」
師匠「学習と勉強の違いはわかるかね？」
一郎「いえ、さっぱりわかりません」
師匠「学習とは、横だと思いなさい。勉強とは、縦だと思いなさい。一郎殿は確かに学習は足らぬだろう。しかし、自然や家族、仕事や礼儀、こういった一郎殿が勉強してきたものは、到底筆子らはかなわない。そして、この深く自分で考えた勉強こそが、独創性を生み、思想、文化、芸術、工業など世界に活躍するものとなる。私は一郎殿にこれを期待する。自信を持つが良い」

一郎は少しボーッとして我に返り、

一郎「ありがとうございます」

夕食後片づけをし、この日は眠りについた。いや、眠りにつく前に思った。

一郎（世界で活躍？）

師匠も眠りにつく前に思った。

師匠（熱くなり過ぎた）

次郎は大工に

次郎は大工の見習いとなった。

大工といえども、その屈強な身体をつかって、太い太い丸太を大きな鋸《のこぎり》で切り、四角い柱にしていく仕事であった。稼ぎはいいが、「きつい」という理由で夜逃げする者がでるという。

親方は厳しい人で、仕事には熱心な人であった。

背丈は次郎より小柄ではあったが、日焼けした皮膚と絞られた肉体からは長年の職人としての威圧を感じた。

さて、次郎は兄弟子である兄子を紹介され、兄子が次郎の面倒を見ることとなった。

兄子は次郎に似て、勝気で威勢がよく、これもまた職人気質であった。次郎と気が合うか、もしくは競争相手となる様な励みになる人柄と見た。

兄子は、ここの職人らが立派に仕事を果たせるのは、親方のおかげだと言う。

兄子は、さらに続け、親方は厳しく優しい人で、規律を重んじ、そうかと思えば愛嬌も持ち合わせる大変人柄に恵まれた立派な人だと言う。

また、親方は、我らと同じ奉公人で、出世なされた立場だと教えてくれた。

さて、兄子から仕事を教えてもらうこととなったが、現場には見た事もない道具や会話が飛び交っていた。もし三郎がいたなら、「あれをどうするのか」「今何て言っていたのか」など、全体を把握しようとするので、ここで立ちくらみしそうだが、次郎は細かい事を気にしない気質なので、全く大丈夫であった。

兄子「まず、道具についてだ。道具の使い方はともかくとして、ここにあるもの、全て揃っているかどうか、朝と夕刻と夜に見て回れ、ここに無いものはないか、道具はすべて決められた場所におさめてあるか、いいな、朝と夕刻と夜だぞ」

次郎「農具だったら、まだわかるけど、俺には向いてないよ。それに一日三回も」

兄子「これ、無駄口をたたくな。それに俺はお前に仕事を教えてやるのだ。きちんと敬え。甘えることは許さないぞ」

次郎は何も言えなかった。すこし自分を恥ずかしく思った。

兄子の、こういった次郎に対する躾は親方から受けた者であり、強く生きねばここではやっていけない事が身に染みてわかっていた。奉公人の中でも、躾を間違え、悪の道に入り、抜けていった者を兄子は見てきたからだ。兄子は、生きる大変さ、仕事の辛さを知っているからこそ、次郎を自立させるために何が必要か、情を持って教える事ができる人であった。そして、兄子は、親方から「人を教える者の肝要なことは、立志の堅固であるかどうかを責むべきことで、その他のことをただ口やかましくいっても、それは何の益にもならない」とも教えられていた。だから、多くは語らないこととし、教えることは少なくとも徹底的に守らせた。

さて、今後は、兄子と次郎とで、大きな丸太を、大きな鋸《のこぎり》をつかって、大きな柱や梁にする仕事をしていく。この鋸は、自分らの背丈ほどの長さがあって、両端に持ち手があり、男二人が一組になって扱っていく。息が合わないと効率が悪く、これを使って、大きな丸太を決められた寸法になるように切っていくわけで、えらい仕事だった。

兄子「次郎、これを持ってみろ」
次郎「大きい鋸です。自分は使ったことがありません」
兄子「これを二人で持って、この丸太を切っていく」

そう言うと近くの別の若衆にこいつに見本を頼むと、兄子とその人とで丸太をあっさり切っていった。次郎がポカンとしていたら、すかさず、兄子がお礼を言えと次郎をせっつき、次郎は慌ててお辞儀をした。

兄子「礼ができないやつは、世の中に立てない」

　次郎は兄者がもう一人いると思った。


兄子は次郎とこれをこなすのに、次郎とまずやってみることにした。

兄子は次郎にもっとあぁしろ、こうしろとまくし立てた。

するると次郎がつっかかった。

次郎「兄子、俺は農民の出だから農具は使い慣れている。こういった道具というのは一人でやった方がいい」

兄子はやれやれとにんまりしたかと思うと、激昂した。

兄子「次郎、この丸太を切るのにひとりでやるというのか、やってみるがいい」

　次郎は、体格が良かったので鋸は挽く事が出来たが、時間はかかるし、曲がってしまった。そもそもこの鋸は二人用なので次郎は使いこなせなかった。そればかりか筋肉が炎症を起こし、肩を痛めた。

兄子「それ見たことか、俺はこの仕事を何年やっていると思っているのだ。そうした方がいいというからには理由があるのだ。ただ、お前にそういった理由をたらたら言ってても理解すまい。それに俺もきちんと伝えられるかわからない。他人の云うことは聞き入れてからよしあしを選択せよ。はじめから断ってはいけない」
次郎「はい」
兄子は次郎が思った以上に残念がっているさまをみて、またもややれやれと思いながら、
兄子「自分の意見や考えを持ってはいけないと言っているのではない。ただ、はじめから断ってはいけないと言っているのだ。私が仕事を教えるのに、仕事ができない新人につっかかってこられたら、こちらとて面白くないし、教えにくい」
次郎「はい、すみませんでした」
兄子は次郎が素直そうな人柄と見てやや嬉しく思った。

女中がやってきて、休憩だと言い、握り飯を持ってきた。一人ふたつか三つもらえた。温かい飯だった。なんとなく、ここの職場は繁盛していることがわかった。

そうこうしていると、兄子は親方に呼び出され、何か用事を言い受けたようだ。次郎はその様子を遠くからみていたが、兄子は大変驚いた様子であった。しばらくして、兄子が次郎のもとへ帰ってきた。
兄子「次郎、さっそくだが大きな仕事が入ってくる。大きな火事があったようで、大量の材木を差し出せと上からお達しがあった。これから丸太がわんさか運ばれてくる。

「これを俺らで加工していく」

次郎は言われるまま、はいというしかないのだが、兄子はやや不安そうな顔を浮かべていた。なぜなら、兄子は次郎と仕事をしたこともないし、次郎がどういった人かまだそこまでわからない。自分のことはわかるが、次郎のくせや限界など知っておかねば不安であった。

そうこうしていると、大きな丸太が数台の荷台に載せられてやってきた。全部で二十本位あっただろうか、これがまた重い、次郎は荷台からおろすだけでへとへとになった。これをこれから加工するというのだから、泣きそうになった。

同じような作業をしている他の職人らは、せっせと用意を始めているが、兄子は一向に動こうとしない。

次郎はどうしたらいいかわからず、たじたじしていた。「うちらも急ぎましょう」など兄子に声をかける雰囲気でもない。

兄子は考えていた。親方からおおよその丸太の数はきいていた。これを明日中、いや今日中に、加工せねばならない。兄子は次郎が不安そうなので、声をかけた。

兄子「処理のむずかしい事件に出会ったならば、妄りに動いてはいけない。じーっと待って好機が到来するのをうかがって、対応策を講ずべきである」

兄子は考えていた。どうするか。

まず、自分の力量を考えた。これを一人でできるか、できるはずがない。自立した精神は持ち合わせているが、一人では、できることが限られている。次郎の失敗も自分の失敗となろう。

次に、相手の実力を考えた。次郎は鋸《のこぎり》を挽く力はあるが、最後まで体力が持つか、さっき痛めた肩は影響するだろうか。逃げ出さないか。親方はどこまで支援してくれるのか。

次に、時勢を考えた。親方の急な言いつけの他にもやらねばならないことはある。どちらを優先して行うか。手を付けている今の仕事が、中途半端にならないか。明日まででよいか親方と交渉するか。

次に、場所の良し悪しを考えた。作業をするには、空間がいる。いつもの場所だけではおさまらない。それに仕上がった材木をどこへ持っていく。置き場所はあるか、急な仕事であるが、必要な荷車は用意されているのか、他の職人の邪魔にならないか。

兄子はこれらの、自分の力量、相手の実力、時勢、場所を周到綿密に考えていた。これらは親方の教えであった。

そして、これが兄子の頭の中で、一本の線につながった。いったん考えが決まったからには、これを行うにあたり、手軽に片付けることとした。

まずは、加工された材木の置き場所を十分に確保した。

次に、作業台を次郎のやりやすい高さに変えた。

次に、丸太を管理するため墨を借りた。

次に、加工していく丸太の置き場所を整えた。

次に、次郎に丸太の持ち方、鋸の使い方、危険な行為など基礎を復習させた。

次に、作業全体の説明を次郎にして、自分の考えを共有した。

最後に、次郎にはこれを終わらすためにきつく当たるから覚悟するよう注意した。


さて、兄子と次郎は、最初、順調に作業が進んでいたものの、次郎の限界が近づいてきたことが兄子にはわかった。こうなると兄子も辛くなってくる。

二人は何とか、二十数本を切り終えて、へとへとになっているところ、次の二十数本が届いた。兄子が「あ」というと、そのまま次郎は倒れ込んだ。

するとそこへすかさず、親方が入ってきて、次郎に怒号を浴びせて怒るに怒った挙句、休めと命じた。また、他にも作業が早めにおわった職人が「俺にも手を貸せ」と皆で作業を分け合った。

書　名					
お買上 書　店	都道 府県	市区 郡	書店名		書店
			ご購入日	年　月	日

本書をどこでお知りになりましたか?

1.書店店頭　2.知人にすすめられて　3.インターネット(サイト名　　　)

4.DMハガキ　5.広告、記事を見て(新聞、雑誌名　　　)

上の質問に関連して、ご購入の決め手となったのは?

1.タイトル　2.著者　3.内容　4.カバーデザイン　5.帯

その他ご自由にお書きください。

(　　　)

本書についてのご意見、ご感想をお聞かせください。

①内容について

②カバー、タイトル、帯について

弊社Webサイトからもご意見、ご感想をお寄せいただけます。

ご協力ありがとうございました。

※お寄せいただいたご意見、ご感想は新聞広告等で匿名にて使わせていただくことがあります。

※お客様の個人情報は、小社からの連絡のみに使用します。社外に提供することは一切ありません。

料金受取人払郵便

新宿局承認

2523

差出有効期間
2025年3月
31日まで
（切手不要）

郵便はがき

1 6 0-8 7 9 1

1 4 1

東京都新宿区新宿1－10－1

(株)文芸社

愛読者カード係 行

ふりがな お名前		明治　大正 昭和　平成　　年生　　歳	
ふりがな ご住所	□□□-□□□□	性別 男・女	
お電話 番　号	（書籍ご注文の際に必要です）	ご職業	
E-mail			

ご購読雑誌（複数可）	ご購読新聞 新聞

最近読んでおもしろかった本や今後、とりあげてほしいテーマをお教えください。

ご自分の研究成果や経験、お考え等を出版してみたいというお気持ちはありますか。

ある　　ない　　内容・テーマ（　　　　　　　　　　　　）

現在完成した作品をお持ちですか。

ある　　ない　　ジャンル・原稿量（　　　　　　　　　　　　）

次郎が次に目を覚ますと、加工された材木の上に横たわっていたことに気が付いた。兄子はそれに気づき、親方のところへ行くよう次郎に伝えた。

次郎は震えながら親方の所へ向かった。

親方は、商談中なのか、商人と思われる整った半被を身に着けた客人らしき人と話しているところであった。親方が次郎に気づき、会話を終わりにし、次郎に向かって、こっちへ来るよう手招きした。

次郎は、目上の人だと認識し、今までのような態度をとるには分が悪いことを肌で感じた。でも、次郎は目上の人へどのような態度で接していいかわらず、親方の近くに行っても何も言えずにじっと顔を見るしかなかった。

親方「名を何と申す?」

次郎「次郎です」

親方「次郎、今日の働きぶり、初日にして見事であった。疲れただろう」

次郎「はい。疲れました」

親方「今日一日の仕事を振り返ってどう思ったかね?」

次郎「自分は、作業の途中でぶっ倒れてしまい、恥ずかしく思いました」

親方「うむ、それで結構。志を立てて実績を上げるには、恥を知ることが肝要である。恥なぜなら、自分の背丈より高いところを常時と考えているから、成長する気があるということだ」

次郎「親方、そんなことはありません。ただ、みんなが頑張っているのに自分が休んでいることが恥ずかしいというか。兄子や親方のように早く自分も一人前になりたいです」

親方「ははは、それは贅沢というものだ。兄子も私もまだまだ一人前ではない。そして、それは一朝一夕でなるものでない。一人前かどうかは自分で判断するものでないし、今立っているところから前を向くだけである」

次郎「はい、何となくわかりますが、自分が一人前になれば、周りから認められて、ありがたられて、気持ちよさそうです」

親方「ははは、事を処理するのに自分の方に道理があっても、そのなかに僅かでも自己の便宜のためにするという私心が挟まれておるならば、これが道理上にも障がいとなって、道理が通じなくなるものである。まぁ、理由はどうあれ志を持つことはいいことだ」

次郎「私はどうしたらよいでしょう」

親方「勉強することだ。仕事を覚えるには、自分より立派な人から見て学び、まねをすることだ。次郎は、体格に恵まれている。だけど、俺が仕事をお願いするとしたら次郎と兄子とどちらに仕事をお願いすると思うかね」

次郎「兄子だと思います」
親方「そうだ。兄子は努力した。次郎のように体格には恵まれていなかった。でも次郎より仕事ができるし、会話もできる。信頼できる。いいか、お前は非凡だ、兄子は凡人だ。だけど、兄子の方が仕事ができる。この違いがわかるか」
次郎「はい、わかります。食べる量が違います」
親方「あほ。勉強の量が違うのだ。毎日の心がけが違うのだ」
次郎「つまり、志を持って、勉学に励めば、一人前になれるということですか」
親方「さっきも言ったように一人前になるためには、毎日の心がけが必要なのだ。それに、次郎の言う一人前とやらは、自分の仕事を周りから認められ、尊敬されることと思う」
次郎「はい、そのとおりです」
親方「仕事に限らず、上手くいっている時こそ、慎重さと謙虚さが大事なのだ。全てが上手くいき、自分のやることは全て正しいと思ったその時が、失敗への入り口なのだ。苦しい時こそ頑張って努力すれば、後々その努力は報われる」
次郎「はぁ、しかし、何を努力すればいいかわかりませぬ」
親方「先輩を見て学べと言っただろう。そして、この心掛けで日常怠らず励行すれば必ず常人以上の域に達することができる。ただ、人の多くはなまけ者で、このように努力することができない。それに偉くなったからといって幸せかどうかは、また別のこと。それだけ多くの人を幸せにせねばならない。物が一つふえれば、やる事が一つふえる。やる事が一つふえれば、わずらわしさがふえる」

次郎「そして、それは避けるものではないと」

親方「お、そうだ。それは自分で決めることでもないだろう。とにかく今日は休め。ご苦労であった」

三郎は医者の助手に

三郎はというと、役親の知人につれられ、とある地域に着いた。その地域に目的の奉公先である医師がいるとのことだが、詳細な家の位置までは知らないとのことで、ここから先は自分で探すように言い残し、三郎に別れを告げた。

さて、三郎は、その医師の家の見当がつかなかったため、あちこちと町の人にその医師とやらを尋ね回るのだが、町の人はそんな三郎を見て、足元から頭のてっぺんまでじろりと眺めては、無言のまま指を指して「あっちの方」というように家を教えるものだから、明確に家を指してくれる町の人に当たるまでには夕暮れになってしまった。

さて、涼やかな風が吹いているのに、三郎は額にうっすら汗をかきながら、戸を叩いた。

三郎「ごめん下さい」

何も音がしなかった。

三郎「ごめん下さい」

医者「うるさい」

怒鳴り声が聞こえた。すると戸が一寸開き、老人が顔を出した。

髪は灰色で黒い毛が何本か交じり、長く、後ろで束ね、背丈は一郎よりもやや高く、痩せていた。あと、鼻の下から頬にかけて、髭が伸びていた。
目が悪いのか白く濁った瞳をしている風だった。五十歳くらいだろうか。
三郎「はじめまして、三郎と申します。信濃から参りました。助手として奉公する様に命じられて来ました」
医者「そうか。それはご苦労な事だ」
と無表情で言うと、ピシャリと戸を閉めた。三郎は面食らい、どうしたものかと迷った。他に行くことがなく、後戻りもできないので、しつこくまた、戸を叩くしかなかった。
三郎「ごめん下さい」
医者「うるさい」
また戸が一寸開いた。
三郎「三郎と申します。信濃から参りました。役所からこちらに伺い、助手として奉公する様に命じられて来ました。何かお手伝いさせて下さい」
医者「役所？　手は足りておる、もうすぐ夜になる。夜になれば寒くなる。早いところ寝床を探しなさい。橋の下が良かろう」
三郎はなんと言い返すか必死に考えたが、ほんの数秒の沈黙の間にまた戸をピシャリと閉められた。
またしても三郎は、立ち往生することになった。さて、また戸を叩いても相手を怒らせるだけ、芸がない。どうしたものか。あの医者には初めて会うのだから、三郎が嫌いということはない。

人と距離をとる変わり者である事は確かだ。なるほど、これでは奉公人は長く務まらない。

とはいうものの、どうしたものか。

一郎兄さん、次郎兄さんはいない。役親を再度訪ねるには、この時間からでは難しいし、気兼ねする。とりあえず、言われた通り橋の下に行ってみるか。

橋の下というのはすぐにわかった。大きな川に沿って歩けば橋があり、土手があり、その土手をおりると、橋の下に入ることができた。すると、先客がおり、むしろ毎晩ここで寝泊まりしているかのようで、五人はいたと思う。仲間意識も高く、三郎はまたしても戸惑った。

しかし、三郎は快く招かれ、寝床を確保できた。

夜が更けて、橋の下の男が三郎の体をいろいろ触っていることに気が付き、三郎は目が覚めた。

男らは、三郎がお金を持っていないことを知ると、三郎を袋叩きにした。そして、三郎は、役親から食事を頂いたときに近づいてはいけない場所として、何とか川の橋の下と言っていたことを思い出した。それがここだったと袋叩きにされながら気づいた。

地面にぐったりしていると、遠くの土手の方へ放りだされた。

三郎は泣いた。惨めであった。泣いても一郎兄さんや次郎兄さんはいなかった。孤独を感じた。また泣いた。

とにかく行くところがなかったので、再度、医師のところに行くことにした。

三郎は医師の家の戸を泣きながら叩いた。

三郎「ごめん、下さい」

すると、また戸が開き医師が顔を出した。今度は、にんまりとした表情を浮かべた。

医者「ずいぶん派手にやられたな」

三郎「言われた通り、橋の下に行ったら、人がいて、一緒に寝かせてもらいましたが、寝駄賃がないと言う事で、今みんなに殴られて、逃げて来ました」

医者「惨めだのう」

三郎「はい」

医者「辛いか」

三郎「はい」

医者「昨日、私に断られて、行くところなく、話す相手もいない。寂しいだろう?」
三郎「はい」
医者「疲れただろう」
三郎「はい」
医者「人というのは、どうしょうもない時がある。答えが出せない、誰からも相手にされない、誰からも助けてもらえない。誰からも理解されない。自分の居場所がない、このどうしょうもない時、どうしたら良いか」
三郎「家族と離れて、寝ることもままなりませんでした」
医者「ふむ」
　医師は髭をいじりながら考えた。
医者「とりあえず、中へ入りなさい。怪我を診てみよう」

　医師は家の中に三郎を招き入れ、少し待つ様に言われた。医師は、お湯を沸かし、大きなたらいを用意した。医師は三郎に裸になる様言い、たらいの中で体を洗うよう勧めた。医師も手伝い、特に怪我をした部位は観察しながら入念に水を流した。三郎は、傷に痛みを感じたが、その医師のやさしさが伝わってきて、なんとも心地のよい時間が流れた。
医師「三郎、君をこんな目に遭わせた私をひどい人間だと思うかね」

三郎「はい、やはりそうでしたか。あの橋の下の人たちが荒くれで、見たことのない人が来たら、金をとる人達と知っていたのですね」
医師「そうだ。ちなみに三郎が金を持っていても怪我はさせられただろう。なぜ、三郎をあそこに行かせたかと思うかね？」
三郎「全くわかりません。なぜですか」
医師「訊くことを恥じないことはいいことだ。理由は二つ、一つは三郎の意志が強固なものかどうか確かめたかった。これほどのことをされても去るか、残るかどうか見たかった。もう一つは、三郎が優しい人だからだ、目を見ればわかる。ただ人間というのは、明るい面だけではない。暗い面を持ち合わせている。もとより暗い面の方が多いかもしれない」
三郎「すみません、なんとなくわかる気がしますが」
医師「人間には明るい感情表現は『楽しい』『嬉しい』の二つしかない。あとは、寂しい、辛い、悔しい、妬ましいなど負の感情が多くを占める。三郎にはこの町で過ごすには、こういった人間の負の部分を知らなすぎると思ったから酷なことが必要だと思った」
　三郎は思った。医師の家に戻ったのは偶然で、他に行くところがなかったからで、強固な意志があったわけではない、医師が勘違いしただけだ。役親の家がここから近かったら、他に奉公先がないか相談しに行っていたかもしれない。正解だったのはうれしいが、この医師の下で奉公していて大丈夫かと不安になった。ただ、この人は人間の嫌な面をたくさん見てきたのだろうと三郎は思った。

三郎「さきほど、玄関口で話された『どうしようもない時』はどうすればいいのですか？」

医師「いろいろあるがな。何もしないことが一番だろう。じたばたしても無意味と感じるし、そもそも、じたばたする気も起きないだろう。急いてはいけない。好機を待つがよい。落ち着いて忍耐強く好機になるのを待てば、目的を達することができる。他、余裕があれば、体を動かせば良い。体を動かして、汗をかいて、飯をいっぱい食って、ひたすら寝る。人は健康でないといい考えも出ない」

三郎「橋の下の人たちは、好機を待てなかった人たちなのでしょうか。腹が空いて自分に余裕がなければ、弱者からお金をとろうとも良心は痛まないのでしょうか。この町に向かう道中、同じようなことがありました。盲目の人で、『腹が空いてどうしようもない時に、人のものを盗って何が悪いのか』と逆に怒られました」

医師「その人と、橋の人との悪さは本質的には違うだろうが、まぁやっていることは大差ないだろう。橋の人は病気をよくする人と似ている。病気をよくする人は、習慣となっているから痛みを感じない。心の病も同様で、日頃、不正な心を持ち続けている者は悪いことをしても、良心が麻痺しているから、心に痛みを感じない」

三郎はなるほどと思った。

その後、衣服をもらい、清潔な身なりになった。前の服はぼろぼろであったが、医師は大事に取っておく様に三郎に解いた。

医師は三郎に、客ではないのだから、たらいを片づけるよう命じた。他、ふかした芋があるから、それ食って寝ろとのことであった。布団は隅にあるからそれを使えという。布団は湿っていて臭いもきつかった。湿っている布団は何も珍しくはないが、慣れない臭いに、急に信濃の暮らしが恋しくなった。声に出せない寂しさがぐっと胸の中を重くした。

次の日、三郎は医師より遅く起きた。医師は明日から私より早く起きて、朝の支度をするよう命じた。また、朝の支度とは、掃除と水汲み、換気、布団干し、食事であった。これらが済むと、医師は三郎を座らせた。

昨日は暗かったので部屋の全体がよくわからなかったが、壁や窓の下には棚があってずらりとたくさんの書籍がおさまっていた。それどころか棚に収まらない書籍が床にも積まれていた。

医師「三郎よ。今日からお前は私の助手を務めることになるわけだが、さてどうしたものか」

三郎「なんなりとお申し付けください」

医師「まずは本を読め。そこにある本を読め。そして内容と感想を聞かせなさい。文字はどのくらい読めるのか？」
三郎「ひらがなと漢字が少々読めます」
　医師はあちゃ〜という風な顔をした。
医師「では、本を読みながら漢字も勉強しなさい」
　三郎は勉強が嫌いではなかったので、わくわくした気持ちでとりかかることとした。
医師「そうだ。三郎。本を読むときはいくつか気をつけねばならない」
三郎「はい」
医師「一つ、本は文章であるが故に、活きものではない。書き手の本質を理解しようと努めるのに対し、読み手の解釈が偏ってはならない」
三郎「はい」
医師「一つ、書を読むのは実生活や精神の修養に役立てるもので、あくまでも参考である。学をなすことが目的で、読書は手段である」
三郎「はい」（ん？）
医師「一つ、自分の心を以て、作者の精神のあるところを迎える」
三郎「はい」（んーーーー？）
医師「つまり、書物に批判的であったり、一部を信用したりなど、自分の視点をもって読むがよいということだ。全部を信用しないことだ」
三郎「はい」

医師「そして、学問で一番大事なことは、志を持つことだ。まだ三郎には早いが、学問をするには、目標を立てて、心を奮い立てる事より肝要なことはない」
三郎「頭がよくなって、人の役に立ちたいです」
医師「うむ、素晴らしい心がけである。その志が大事なのだ。なぜなら、私が三郎に勉強しろと毎日、毎時、毎食言っていたら、とてもやる気にはならないだろう。こればっかりは、外から強制するべきものではなく、ただ己の本心の好みに従うばかりである。そして、物事を成就させるには、三郎のように、まず志を立てる（発心）、次に実行する（決心）、これを続ける（持続心）が必要である。そして、これは、私の助手の仕事をしているときはもちろん、掃除をしたり、水を運んでいても、そこに学問の道はあって真理を自得することができる。まして、本を読み、物事の道理を窮めようと専念するからには、目的を達せないはずはない。しかし、志が立っていなければ、一日中本を読んでいても、それはむだ事に過ぎない。いかに本を読んで頭がよくなろうとも、その知識や知恵を使わずして役立てずしては、死に学問である」
三郎「はい（一郎兄さんより厳しい人だ）」
医師「志を持つと心がいきいきとしてくる。そして容易に近づけない鋭い刃のようになる。だが、志のない人は、なまくらな刀のようで子供までもが馬鹿にする」
三郎「はい（次郎兄さんかな？）」

医師「では、励め。わしはもう少し寝る」

三郎「はい」

一郎の家庭訪問

師匠「一郎」
一郎「はい」
師匠「今日は特別にある家に行って様子を見てきてほしい」
一郎「はて、どのようなご用件でしょう」
師匠「竹丸という家の筆子なのだがな、一か月前からすっかりここに通わなくなってしまった。ここでの生活は何もなかったようだったから、きっと家で何かあったのだろう。さすがに生きていることと思うが、安否を確認して、どうして来なくなったのか確認してきてほしい」
一郎「わかりました」

一郎は師匠に言われた場所に赴き、その長屋にたどり着いた。

一郎「ごめんください」
すると、父親らしき人物がすぐさま戸を開け、一郎は挨拶をし、訪問した理由を述べると、家の中に入れてくれた。

家の話を聞くに、母親が半年前に病気で亡くなり、父と息子二人の生活をしているという。母親がいないため、父親はより躾が必要だろうと、母親の生前より厳しく接したということだった。これについて、父親はすでに自分の行いを反省し、何かを悟っていた。

父親が言うには、息子は勉強が好きで、父親はそれを期待したことと、家事を息子にお願いしていた、息子が勉強を好きでいることは知っていたが、家事ができていないと息子に「お前は、勉強はするのに、家事はできないのか、頭の悪いやつだ」「なぜできないのだ。ぐずめ」など頻繁に言葉を浴びせていた。これというのも、母親が亡くなったどうしようもない怒りと、自分の稼ぎが上がらず、これも苛立たし気になり、罵詈雑言の加担をした。次第に、息子は、話さず、勉強せず、口を開かない子になってしまった。父親はこれが原因で寺子屋に行かなくなったのではないかという。

父親が悟ったことは、父道と母道、天道と地道の違いだという。一般的には、父親が厳しくしたなら、母親が慈しむという両方からの過程が子供を自立させることに大切だということである。自分はこれが間違っていた。つまり、息子に厳しく接したのなら、その分優しくするという母親の教育をしなければならなかったのだ。

ただ、父親はつづけて、だからと言って、息子の機嫌を取るようなことはしない。親が子供の顔色をうかがっていては、子供が勘違いをして自立ができなくなってしまう。

親とは、木の上で立って見ると書くからして、子供のやることにいちいち口出しもしてはならない。勉強が好きであれば、私がとやかく言うことでなかったのだと後悔している。

私は、これから息子に償わなければならない。

我々が出会うところの、苦しみ悩み、変わった出来事、辱《はずかし》めをうけること、人から悪くいわれること、心に困ったと思うこと、これらのことは皆、天の神が自分の才能を老熟させようとするもので、いずれも我が修徳勉励の資でないものはない。

だから、このようなことに出会ったならば、これをどう処理するかに工夫をこらすべきもので、これから逃げようとすることはいけないことだ。

私は、これから息子と仕事をどうしていくか逃げずに向き合っていく。

一郎は、私は何をしに来たのだろうと思い、父親と竹丸に、寺子屋で師匠と待っていることを告げ、教場に戻っていった。

このことを師匠に報告すると、師匠は、

師匠「そういえば、そんな言葉があったな。幾たびか辛酸を歴て、志始めて堅し、丈夫は玉砕すとも、全を愧ず。困難に遭遇したら、勇気百倍、これを克服するのが、男というものだ。一郎も頑張れ」

一郎も改めて仕事に向き合うこととした。

次郎が弟子を持つ

さて、こちらは次郎、大工の職に就き、一か月が経った。次郎は、兄子に言われた仕事は相変わらず怒られながらこなしてはいるが、怒られる内容も技能的なものになり、進歩していた。

そんな時、親方が兄子を呼び出した。

どうやら親方は、兄子に「次に新しい奉公人が来たら、次郎に面倒を見せるように」と命じたようだ。そして、「次郎と新しい奉公人ともども兄子が面倒を見るように」と、これも命じた。

兄子は反対した。

兄子「親方、これはさすがに出来かねます」

親方「なんだ、どうした?」

兄子「今の作業がある上に、教育を、しかも、次郎の教育の教育をするなど、できることではございません。ただでさえ忙しいというのに、『忙しい』の次の表現がでてきません」

親方「忙しいとはなんだ。忙しいという者を見ていると、実勢に必要なことをしているのは、十の中の一、二に過ぎず、つまらない仕事が十の八、九である。そのつまらない仕事を必要な仕事と思っているのであるから、これでは忙しいのももっともなことだ」

兄子「いや、親方本当に忙しいのですよ」

親方「わかった、仕事の調整はつけるが、今後は忙しいを理由にするな。本当に何かしようと志のある者は、こんな穴に入り込んではいけない」

兄子「しかし」

親方「いいか、兄子、よく子弟を教育するのは、一家の私事ではない。これは君に与える公事である。いや、それどころではない。人間として天に事える大切な本分である」

兄子「時勢を見極めることも大切でしょう。ひとりずつ教育することできませんか。他の者に回すこともできましょう」

親方「兄子の言うこともわかるが、私にも理由がある。それは、私が兄子ならこれをできるだろうと信じていること、次郎が兄子を慕っていること、兄子と次郎とのやりとりを新参者がみて、それが教育となること、そして、次郎は若く、今のうちに鍛え上げる必要があること、これが主たる理由である。次郎は兄子の指導あって、ここでの仕事を吸収している。しかし今となっては次の課題を用意してやる必要がある。

でないと腐ってしまう。しかし、仕事を独りで任せるにはちと早い」

兄子「たしかに次郎は、言われた仕事はできるのですが、なかなか新しい事となると覚えさせるまでに苦労します。そして、体を使って覚えることは何となく、できるのですが、頭を使ったこととなるとてんでだめです」

親方「ふむ、礼儀は兄から学んでいるように感じるが、漢字や算数など仕事に使う知識が足りておらぬ」

兄子「はい。しかし、漢字や算数を教えるまでに私は至りません」

親方「そうだ。だから新しい課題を用意して、やらせよと申しておる」

兄子「それが、新参者の教育であると」

親方「左様。とにかく頭を使わせよ。人に教える事がいかに大変なのか身にしみてわからせるがよい。鉄は熱いうちに打て。お前が使う鋸も、砂鉄から鉄となり、熱いうちに伸ばしては畳み、冷やしたり熱をまた加えるなどして、ようやく柔らかくて強く、刃こぼれしない丈夫なものができる。これを鍛錬という。若く力があり、元気な時にしっかり苦労させるがよい。それはお前とて同じこと」

兄子「はい」

さもすると、早速、新しい奉公人を迎えた。親方は、兄子と次郎を呼び出し、次郎に対して、兄子には、別な用事をしばらく言いつけてあるから、次郎が弟一を教育するよう言いつけた。すると次郎は、親方から仕事を認められたと嬉しくなり、軽々しく了解した。

親方は早速、次郎に仕事を言いつけ、兄子はそれを横目でみていたが、早速次郎は、新しい奉公人にいばり散らした態度で接し、あわや、その新しい奉公人は、おびえて何も言えず、逃げ出すことまで考える始末となった。兄子は、次郎を呼び出した。
兄子「次郎よ、お前は、親方が連れてきた奉公人を、いとも簡単に駄目にしてしまうのか。一体どうしたというのだ」
次郎「はい、兄子。あいつが俺の言うことを全く聞かないのです。だから、説教をしたのです。何度言ってもわからず、全く従うこともないのですから、私も大声で怒り、詰めたのです」
兄子「次郎よ、伝えると伝わるは違う。道理の行き届いた言葉には、誰でも服従しないわけにいかない。しかし、その言葉に激しいところがあると、聴く人は服従しない。無理に押しつけるところがあれば、服従しない。身勝手な私心を挟むところがあれば、服従しない。言う人の便宜をはかろうとするところがあると、服従しない。凡そ、道理が行き届いている（と思う）にも拘らず、人が服従しない時には自ら反省するものだ。先ず、自分自身が心から服従して、しかる後に人は服従するものである。つまりだ、どうして自分が悪いと思わないのだ。どうして自分が問題の種をまいていると思わないのだ。お前に与えられた仕事をこなすには、かの新参者を上手に扱う必要がある。それがお前にはわからんのか」

次郎「そうはいっても兄子、私は、弟一の身のこなしがあまりにも危険だったため、注意しました。感謝されこそ、非難を受けるいわれはありません」

兄子「善行をなすように責め合う事は朋友として当然なすべきことである。その場合、懇ろに親切をつくさなければならない。そうせずに、ただ口まかせに忠告し、善を責めたという美名をとるだけのものであれば、その友人は有難いと思わずにかえって仇と思うことであろう。そうなれば、忠告は全く無益のことになってしまう」

次郎は兄子の延々とした態度に疲れ、むっとしてきた。

次郎「わかりました。それでは、新参者が私の言うことをきちんとできるようになるまで、道理を導き、親切を尽くします」

兄子は次郎の反抗的な態度をみて、さらにまくしたてた。

兄子「しかし、人に完全を求める事は難しい。だから、相手の器量に相応する到達度を知って、それ以下しか備わっていなければ責めたらよい。そうでなく、ただ人を責めるのでは際限がないことだ（そういうことはしてはいけない）。そうなれば、忠告は全く無益のことになってしまう」

兄子はさらに続けた。

兄子「人に忠告しようとするには、熱誠が言葉に溢れてくるようでなければだめだ。かりそめにも、腹を立てたり、憎むような心が少しでもあれば、忠告は相手の心に入るものではない。また、忠告をする人も、誠心誠意をつくし、少しもわだかまりの心があってはいけない」

次郎は兄子の話をきちんと理解したつもりだが、夜逃げしようかこちらも考えた。兄子は、次郎に言い過ぎたと思い、今度は、弟一を呼び出した。

兄子「忠告を聞く者は、わだかまりのない心で聞かなければいけない」

と諭した。

親方はそんな兄子と次郎とのやり取りをにやにやしながら見ていた。親方は教育者たるもの、その苦労を知っているからである。

親方は兄子を呼び出した。

親方「兄子よ、お前は立派である。見事、次郎を導くことができると私は信じている。しかし、今お前が次郎に言った言葉は、そのままお前にも当てはまるだろう。立派な人間である人は、自ら責めることに『厳』であり、他人を責めること寛である。自分に思いやりをもて。自分に思いやりをもつことで他人をも思いやれる」

兄子「正しいとは難しいことです。なぜなら倫理と人間の本質がすべて合致するわけではないからです。きちんと次郎に真意が伝わっていますでしょうか」

親方「十分考えて、これが最善であると決定して、やむにやまれない勢いで活動すれば、いささか詰まらない。およそ、大丈夫たるものは、自分自身にある者をたのむべきで、他人の英知や財力、権力などをたのみにしては何ができようか。天を動かし、地を驚かすような大事業も、すべて、己一個より造り出されるものである」

親方はつづけた。

親方「人から信用を得ることは難しい。いくらうまいことをいっても、人は言葉を信用しないで、その人の行いを信ずる。いや、本当は行いを信ぜずに、心を信ずるものだ。心を示すことは難しいものであるから、信を人に得ることは難しいことだ。だから、お前は次郎のお手本になっていればよいのだ。ただこれは一朝一夕でできることではない」

親方は兄子に、このまま教育を続けるように諭した。

三郎の治療

こちらも一か月後、医師と三郎である。

三郎は医師の助手として励んでいた。

依頼のあった患者の宅をまわっていた。薬箱を担いでついて回り、医師に言われた薬草をまとめたり、薬研を使用して袋に詰めたり、薬の在庫を勘定していた。医師は三郎に凡そ信頼を置いており、最近では、金銭の勘定をさせるようになっていた。さて、三郎は医師と初対面であったときは全くわからなかったが、この医師、優秀らしく、特に薬の調剤では有名らしかった。また、お金もきっちりとることから庶民としては頼みにくく、されど、旗本や商人や庄屋などから依頼はぼちぼちあり、生活ができていた。なので、遠くの偉い人から依頼があると重たい薬箱を担いで、一日歩くこともあった。

訪問の途中、三郎が医師にどうして庶民をあまり診察しないのか尋ねたことがあった。

それはお金のこともそうであるが、病気や健康について、どのように向き合っているかが大切であり、われわれ医師とて病気を治そうするものには一生懸命になれるが、健康に気をつけず、精神が薄弱で常に悩みにつかれている人に薬を与えてもよくはならない。だから、庶民を診察しないというよりは、常人にそのような傾向があるから、精神的にも体力が落ちている医師としては、そういった根気のいる治療を敬遠しているのだという。また、一人ひとり個性があるように、薬の調合も一人ひとり違う。だからいろいろな薬草をそろえておきたい、このためにお金が必要であり、庶民の治療はいずれ三郎がするがよかろうと、暖かい笑った表情で言った。

それとは別に、医師は、現実的にも三郎が気に入っていた。食費が少なく、文句言わず、丁寧な仕事をし、性格も穏やかだったので医師の心を和やかにさせた。三郎は、仕事の合間、家事の合間、移動の合間に本を読むほど熱心な勉強家になっていた。また、何かわからないことがあると医師に訊けば教えてくれるので、大変ありがたかった。

さて、今日は大名の医師から依頼があった。

御屋形様の病気がよくならないので、一度診て欲しいという内容の書状が届けられた。

このため、医師と三郎はすぐさま用意し、出発することとなったのだが、あらためて、医師は書状を確認すると、大名おかかえのその医師の名前が書いてあった。それを目にした医師が悲鳴をあげた。この大名の医師は、医師が若かりし頃、其の者にお金を借りたまま返しておらず、今となっては金を返せないわけではないが、このものの性格のゆがみように癇癪がおさまらないと、思い出した怒りと情けなさとで頭がいっぱいになったり、三郎もなんて声をかけてよいか戸惑った。幸い、書状の内容から御屋形様の症状をみて、薬の見当がついたが、なるほど、でもこやつでも知らない薬があるのかと医師はしめた思いをした。そんなこともあり、医師は、大名の治療に三郎を一人で行かせることにした。三郎は、まだ世間知らずだったので、「わかりました」というだけであった。三郎にいい和服を着させて、薬の配合を三郎に伝え、また自身が書いた書状を持ち、門番や家来には届いた書状を見せ、私が書いた書状はこの依頼のあった大名の医師に見せよというものであった。

医師は三郎に去り際に、言葉を添えた。

医師「土地も人民も天の賜物である。これを受けて、これを養い、一人一人にその適当な地位や仕事を得せしめるのが、人君の仕事である。ところが、人君が誤って、土地、人民は自分のものだと考えて、乱暴に取り扱うならば、この行為は、人君が天物を盗むものというべきだ。五穀は自然に生ずるが、人がこれを助けなければ、よく成熟できない。これと同様に、人民も自然に生まれるものではあるが、人君がきりもりして助けなければ、よい人民となることは難しい。人を治める人たちがどんな人なのか、どんなところなのかしっかりと見物してくるといい」

三郎は意味がわからず、無言でうなずいて出発した。

三郎が着させられた和服が大きかったので、三郎はぶよぶよの衣類をまとって、薬箱を担いで、向かうことになるのだが、ややも町民からの冷ややかな視線を得た。三郎はひたすら地面を見ながら歩いた。

城下町とあって、大名の住む城にはすぐに着いた。門番に書状を見せると、そこで待つように言われ、これもまた、長屋から城まで歩いた時間と同じくらい待たされた。

すると、女中らしき人が現れ、奥へと案内された。

まず、大名おかかえの医師と面会するに、こちらも、

大名の医師「あやつ、やはり俺のことを覚えておったな。御屋形様のご命とあれば表に顔を出すと思うたが、精神は小さく、ふてぶてしい奴だ」

など、こちらも怒りまくっていた。そして、三郎には、御屋形様の治療がすすまなければ、お前がその責任をとることになるだろうから覚悟しておけと念を押し、その場を去った。

三郎はことの大きさに気が付つき、頭を木槌でこづかれたような衝撃がはしり、血の気が引いてしまった。うっすら汗が額からでてきた。

そんな状況を察してか、さきほどの女中がお茶を出してくれた。これに三郎は人間扱いしてくれる人がこの場にいて、ほんとうに心が救われた。

ほどなくして、大名の医師が部屋にもどってきて、

大名の医師「三郎殿、御屋形様がお会いになるそうだ。こちらへ参られよ。お前はここまででよい」

と次の部屋へ案内され、女中とはここで別れた。

御屋形様とは、ここの当主であるが、今はご隠居の身らしく、ご子息がここを治めているようである。御屋形様は、色白でやせていた。かけ布団をはいて、そこに胡坐をかいて、三郎を待っていた。御屋形様は、三郎のような身分の低い者にも、簡単な自己紹介をしてくれた。これにより三郎は、自分の生死よりも、まずはこの人にお力添えする覚悟でいっぱいになった。

大名の医師「これ挨拶せんか」

三郎は、はっとし、

三郎「三郎と申します」

当主「三郎殿、堅いのぉ。金持ちとか身分が貴いとかは、喩えると、春や夏の気候のようなもので、人の心をとかす、すなわち怠けさせる。貧乏であるとか、身分が低いと

かは、喩えば秋や冬の気候のようなので、人の心を引きしめる。すなわち人は富貴にあってはその志を薄弱にし、貧にあってはその志を堅固にする」

三郎「左様でございますか、私のような貧乏人にはわからなない崇高な考えでございます」

当主「貧乏が一番の薬であるともいう。また近頃は教養が邪魔をするということもある」

どうやら御屋形様は、戦国の乱世で名を上げた武将のようなところがあり、身分は与えられてもそうとうな苦労があったという印象を得た。

大名の医師は、簡単な病状を説明してくれた。しかし、医師に届いた書状とは全く違っていた。大名の医師は最初から医師を欺くために呼んだことが三郎にもすぐにわかった。三郎は用意がないため出直すと言ったが、大名の医師は、御屋形様の御前にしてなんという失礼な者だと怒り出した。三郎は、なんとかこの場をやり過ごそうと必死に考えた。三郎が考えた案は、まず症状からして自分の知っている効能ある薬草を選び、またまったくの健康茶と言って良い簡単な薬草を選び、見た目の量をかさ増しした。ただ、医師がじろじろ見るので薬草の内容を悟られないか常に不安だった。薬研を引いて、煎じて飲む様伝えた。大名の医師はお茶の用意のため部屋を離れた。また、部屋をでるとき、三郎に、そのまま動くなと言い放った。

いよいよ御屋形様が煎じた薬を飲むのだが、飲んだ途端、目がカッと開いて涙目になり、しばらく動かなかった。

大名の医師「御屋形様、いかがなされた」
当主「いや、何でもない。身体が温まってきた。気分が良い。しばらく横になるから下がってよろしい」
大名の医師「御意」
当主「あ、三郎殿は待たれよ」
大名の医師「え、よろしいのですか？　私も付きましょう」
当主「よい？　お前は下がれ」
大名の医師「はい」

大名の医師のこめかみに血管が浮き出ているのを三郎は見た。
大名の医師は部屋を後にした。

三郎は何も言わず動かずにいた。大名は、静かにするよう三郎に指で合図した。
「はよ下がれ」
大名の医師はこっそり会話を聞こうと廊下で待機していたのである。ギョッとしてすぐに立ち去った。

当主「三郎、近くによれ、会話が漏れてはならぬ」
三郎「はい」
当主「おそらく我は毒を盛られた。やがて死ぬだろう。けど、三郎殿がこの城を出るまでは生きていられるだろう。私が死ねば、あやつは三郎の仕業だと騒ぎを立てて捕まえて罰し、役人に言いつけては、お主の師匠にも手を伸ばすだろう。そんなことがあってはならぬ」
三郎はギョッとした。こんな世界だと知ってて医師が私をよこしたのではないかと、これ対しても疑心暗鬼になった。
当主「私はもうすぐで死ぬだろう。死ぬのは怖くない。現世で悪くいわれようが、ほめられようが、それは恐るるに足りない。後世になって悪くいわれたり、ほめられたりすることは恐ろしい、後では抗うことができない。我が身の得失、利害は心配するに当らないが、子孫に及ぼす影響は十分に考えておかなければならない」
三郎は何も言えずただ軽くうなずくだけで、黙って聞いていた。
当主「また、すべて禍は上より起こるものである。下から出た禍でも、また必ず上に立つ者がはたらきかけて、そういう風にさせるところのものである。城内に不穏な動きがあってはそれが町民に影響する。この城内の不穏な動きを止めねば私は死ねない。

天は高く、地は低く、かくして天地が定まっているのである。君と臣との職分はすでに天によって定められている。故に各自は、その職責を誠心をもって尽くすのみである。故に、臣下の者は、養われ方の俸給の多少によって、尽くすべき職責に厚薄の差別をつけてはいけない（つまり、如何にかかわらず、各自は全力を尽くすべきである）」

話の内容が崇高であったため、三郎はこれにも黙ってうなずくしかなかった。あと、御屋形様は苦しそうであられながら、けっこう長く話すなぁと思った。

当主「三郎殿、不躾で悪いが、誰が毒を盛ったのか探って欲しい。先ほどの者は傀儡に過ぎない。あやつに指示したものがいる。あやつが裏でひっそりと話す者がいたら、おそらくその者がそうだろう。私の病が治らないのも仕組まれたことかもしれない。これは誰にもいうな。当家と関係のない三郎殿が頼りじゃ。息子が犯人かもしれないし、息子でないとすれば、息子を守るためにも、そやつは残しておけない。最後の親馬鹿の戯言者だ。けど、無理するな。危険を感じたらすぐに城を出るのだ」

当主「おーい」

当主が大きな声で誰かを呼ぶと、先ほどの女中が現れた。

当主「そういえば、息子の喉が悪いと申していたな。この三郎、見立てが良い。息子に会わせなさい。三郎殿、この女中は信頼できる。三郎殿が城を出るまで、お前がついて回れ、いいな」

女中はだまってうなずいた。少し泣いているようであった。

この女中は、女中の中でも偉い身分のようで、他の女中に会った者から、「御屋形様は、お休みになられたのでしばらく近づかないように」と言い触れまわった。

女中「三郎殿、こちらへ」

女中は三郎を殿様の所に案内した。

女中は殿に三郎について簡単な説明をし、御屋形様が殿の身を案じ、三郎にのどなど、診てもらえとおおせられたことを伝えた。

殿は、それはありがたいとばかりに三郎に診てもらった。三郎の見立てでは風邪の前兆のようだったので、栄養のつくものや睡眠を十分とり休養する旨進言した。薬の処方は大名の医師の手前、あえて控えることとした。

殿は、三郎が城の者でないとわかると何となく安堵した様子で、御屋形様には言えない重圧を感じて職務に当たっている様子であると三郎は感じた。そうなると、殿は自分の今の気持ちを吐き出さずにはいられなかったのか、大臣らの愚痴が始まった。

殿様「大臣の職責は、政治上の最も大切なところだけを統べ始めればよい。日常のこまごましたことは、しきたりに従って処理すればよい。ただ、大臣の重んぜられるところは、人のいわんとしていい得ないことをいい、人の処理に迷う難事を処理するにある。こんなことは、一年間に数回に過ぎない。だから、平素の小事件にかかずらって、いろいろかき乱したり、心を労したりしてはいけない。まったく私への報告がつまらないものが多すぎる。世の中、平和だということであるな」

殿はつづけた。

殿様「国家の安否をあずかる重臣の仕事は二つある。一つは外国の侮りを受けず、また国内で叛乱を起こしめず、人民をして安心して生活させる鎮定であり、二つは臨機応変の処置宜しきを得ることである。外国の侮りはお上に任せるとして、人民を安心させねばならぬのに、人民を前にして不安をあおる大臣がどこにおる。まったく気の利かぬものらばかりじゃ、だから私の気はいつも抜けぬ」

殿様「三郎殿、会っていただきたい人物がおる。この城で働く一人の大臣である。この者が謀反を起こそうと何かよからぬ動きがあるようなのだ。幸い、その大臣は、足に大きなこぶがある。これに悩んでおったから、それを理由に会って参れ。これ、三郎殿を足のこぶの大臣に案内せよ」

三郎は、御屋形様がどうなったかどうかで頭がいっぱいで、城を出てすぐにでも信濃に帰りたい一心であったが、不穏な動きもできないので従うしかなかった。

ただ、殿は、あっけらかんとしていて、御屋形様のような重厚なものを一切感じなかった。このような裏表がないお方が毒殺など考えるだろうか。


これまた女中に連れられてその大臣のいる部屋に案内された。その大臣は会合中であったので、三郎は別室で待った。女中がその大臣を呼び出し、三郎と会うに至った。


女中は改めて、状況を説明した。その大臣は、幼い三郎をみて不思議がったが、足を差し出し、自慢げに三郎に見せた。

三郎は大きなこぶを見て、切り捨ててはどうですかと伝えたが、
大臣「それが切っても、また同じように膨れるのだ。もう放っておくことにした」

と病を受け入れた様子であった。

三郎には不思議な力があるのか、大臣は、これまた、自分の悩みを打ち明けた。どうも周りの大臣に気を許す者がおらず、家臣のことで頭を抱えている様子であった。

大臣「名声を求めるのに、無理な心があるのは、よろしくない。また、名声を無理に避けようとする心があるのもよろしくない（身分不相応な名誉を求める心はよろしくない。また、当然受けるべき名誉を受けないという心もよろしくない）」

また、この大臣は長くこの城に仕えている身のようで、御屋形様と長いこと苦労を共に

してきた身分で、息子である殿のことを心配していた。

大臣「諸大名が根本的に治めるのに、最初に手をつけるところは、奥御殿を治めることである。みだらな奢りを差し止め、むだな費用を省くのが、まっ先にすることだ。諸大名の大奥の事のよしあしは、外の人がよく知っていて、こそこそと批評するものである。したがって、領内の風俗を立派にし、教育感化の道を厚くしようとするならば、必ずその基である大奥を正す事から、起こさなければならない」

大臣はつづけた。

大臣「大臣のいうことを信じないで、身近にいる者のいうことを信じ、男子のいうことを信じないで、婦女子のいうことを聴き入れる。平凡な大名は皆こんなものだ」

大臣は、また、自分が殿に報告したことを、問い詰められることに、疲れていた。

大臣「下情と下事とは別物である」

※下情とは、配下の感情で、下事とは、配下の日常的な事柄や作業である。

「大名は下情はよくわかっていなければならない。下事は知らなくてもよい。下情に通じなければ、民心にかなう政治ができない。

下事は、人民と一緒にすることはないというほどの意味である。

例えば、殿が台所に立って、毎日あぁしろこうしろと指示してきたのでは、台所のもののやる気が失せることだろう」

三郎は思った。この大臣は信頼できる。自分や他人を欺くものが、わざわざ初対面の者にこんな愚痴を言うだろうか。きっとこの大臣は純粋な人なのだと三郎は思った。だから殿と衝突したのだろうと。

大臣は、三郎に話しすぎてしまったことを恥ずかしく思い、自分でもなんでこんなに話したのか不思議に思うくらいであった。

大臣との話は終わった。三郎は、女中に、

三郎「あの、どうしたらよいでしょうか」

女中「大奥に行かれますか？」

三郎はとっさに断ろうとしたが、

女中「こちらです」

と先に案内されてしまった。

武家屋敷というのはとにかく広いのでひたすら歩く、そして、大奥は本当に屋敷の奥の方にあった。

女中が何やら大奥の偉い人に話しかけた、おそらく御屋形様の奥様である。

奥方「ちょっと、ちょっと、どうなのよ」

と話しかけられ、御屋形様の様態を聞かれた。もう死んでいるかもしれないと思ったが、今お休みになられていることを告げた。それから、また話に付き合うことになったのだが、これがまた長い。そして、怖い。雰囲気が今まで会った人の中で一番怖いと肌で感じた。人間の憎をすべて抱え込んでいるかの迫力であった。この人の命令で何人か死んだのだろうか。ただおっしゃられたことは真っ当な事であり、真実味があった。

奥方「いいかい、三郎殿、国の政治に道理が通っていれば、君主と大臣とが政権を譲り合う。この場合は、政権は徳行に一致し、無謀な力ではない。反対に国に政治の道理がない場合には、君主と大臣と政権争いをする。この場合の政権は無理な力で、徳ではない。政権が徳を伴っていれば、そういう政権は君主から離れない。君主が政権を悪用すると、政権は下の大臣の方に行ってしまう。だから政を行うには、徳と礼とを尊ばなければならない」

三郎「御屋形様はご立派に御勤めなされたということですか」

奥方「そうよ、殿はあっけらかんとしていて物足りないわ。もっと重々しくそして、威厳をもって話さなくては。そして、若いのだから、成るべく老人の言を聴くようにして欲しいわ。そして、経験を積んだ人のように、十分に考え、手落ちのないよう工夫して欲しいわ。だけど、若者の意気と気力を失わないようにして欲しい」

三郎「御屋形様はどのようにされていたのでしょうか」

奥方「御屋形様は、よく物事を洞察し、本質を明らかにしていたわ。その態度は、おもおもしく穏やかであり、威厳があって、しかも、謙《へりくだ》って、わだかまりがない。今は歳を召しているから、若い人の云うことに耳を傾けることを忘れてはならぬのよ」

三郎「ご経験や年齢が異なればその態度にも差がでるかと」

三郎が物申すと奥方が殺気を出したことを三郎はすぐにわかった。三郎はものすごく後悔した。

奥方「三郎殿はわかっていない。御屋形様と殿では、大切にしているものが違うのよ。殿は、領土を大切にしているけれども、人のふむべき道徳は、領土よりも殊に重大なものがある。だから、領土は棄てても、人倫は棄ててはいけない。大名だと威張っていても、大名たるだけの行いがなければ、だめよ。それには、平生思い設けぬ出来事に対して、一点だも動揺せず、之を処断して行くという胆力が無くてはなりませぬ」

奥方は、三郎に話す間も与えなかった。三郎は、人の上に立つ人は、態度や言動というものが見られるのだなぁと苦労を察した。
女中「奥様、三郎殿を送ってきます」
奥方は、「え、もう行くの」といった表情で、話足りないみたいだった。長い廊下をさっとひたすら歩いた。三郎には時間が長く感じた。背中に殺気を感じた。
三郎と女中は門の入り口までたどり着いた。
三郎「どうしましょう。結局どうすることもできません。御屋形様にあのようなこと言われても戻ることも怖くてできません。信頼していただいて恐縮ですが、どのように返事をすればよろしいでしょうか」
女中「いえ、もう結構です。わかりました」
三郎「え？」
女中「しばらく城には近づかぬようにしてください。道中お気をつけて」
三郎「え？　え？」
女中「三郎殿のおかげで、この城で何があったのかがわかったということです。これから謀反者をあぶりだす手順を考えねばなりません。これは内密に。御屋形様が亡き者となったら、私も後を追うでしょう。その前に御屋形様の仇をとります。御屋形様は、この地の創業の人であり、聡明な人です。創業は乱世を切り抜けて、人心を和らげなければならないので、文治によって完成されるものです。つまり、人の心を和らげる言葉や態度を持っていなければならないということです。これに続くものは、武備を忘れず、守っていく者です。平和になれば、武を忘れます。いかなるときでも危機感をもって用意をしておく必要があります。御屋形様は、私の心配性である性格をかってくださいました。今こそ恩を返すときです」

三郎はこの女中の正体が気になるところだが、城をあとにした。

夜に集まる

ある夜、一郎は眠りにつこうと床に就いた。しかし、頭の中で、外に出るよう命じられているようで、外出せずにはいられなかった。お師匠が寝ていることを確認して、すーーっと外へ出た。

寒い風が吹いていた。こんな寒い夜に外へ出るなんて馬鹿らしいとも思ったが、外にいることの方がこの日は自然であった。

どれくらい歩いただろうか、半里ほどか、そろそろ帰ろうと思った。

すると、一郎はなぜ外に出るよう頭が命じたのかわかった。

次郎と三郎が近くにいると感じた。

会いたい。急に泣きそうになった。涙を堪えて、更に歩き回った。自分でも馬鹿らしいと思った。こんな寒い夜に直感を信じただけで、どうもこう寒くても歩き回るのは、はたから見ておかしい。夜遅くまでやっていた居酒屋が片付けを始めている。これにも何か惨めさを感じた。奉公先の師匠とも上手くやっている。この町に来てから寝床にありつけたし、食事も何とかとっている。でも、何故か急に赤子のように崩れそうになった。

また、幾分か歩いた。心がなんとなく切なくなる方へ歩いた。次の角を曲がると、先には広い十字路が見えた。月明かりの影に気配を感じた。次郎だ。他に誰かこちらに近づく足音が聞こえた。そして、その足音は止まった。三郎だ。
　みんなで顔を見合わせると、道の真ん中にさっと集まって、三人で抱き合った。そして膝から崩れた。そしてみんなで目一杯泣いた。

　一郎が「どうしてこんな夜更けに外にいるのか」と尋ねると、次郎は、ほぼ毎日外にいたらしい。うちの中にいたのでは、どの道兄者や三郎に会えないからだという。三郎は、一郎兄さんや次郎兄さんがいないか、仕事中など訪ね歩いていたという。次郎がこんな調子だったので噂は広がり、次郎と三郎は、たまに会えていたらしく、寂しさを紛らわしていた。ただ今日、外に出た理由は一郎と同じ理由だった。頭の中で一郎兄さんと次郎兄さんが呼んでいるような気がしたという。おそらく次郎が念じてくれていたおかげで心が通じたのだろう。

　三人とも、信濃の家を出た時とその風貌は変化しており、お互いを眺めあった。
一郎「とにかく、次郎、三郎、無事で良かった。元気でやっているか」
次郎「元気でやっているとも。兄者も元気そうで何よりだ」
三郎「元気でやっているよ」
一郎「怪我や病気はないか。仕事はどうだ」

次郎「まずまずだ。ただ、きついな。言われた事を覚えてもまた新しい事を言われる」
三郎「僕は、殿様を殺したかもしれないんだよう」
一郎「そうか（よほど大変な思いをしているんだな）」
次郎「大変だったな（またその話か、三郎はもうだめかもしれない）」
三郎（反応が薄い）

三人には多くの事を語り合う必要があった。時間がいくらあっても足りない。

一郎は、満月の夜にまたここで集まろうと決めた。

次郎と三郎は案外ここから近いところに家があった。

一郎は、集まる場所をもうちょっと自分の住まいから近い所に再設定したかったが、ややこしくなると思ったのでやめた。


新月から十五日数え、次の満月、一郎は出かけた。

一郎は、待ち合わせ場所に向かう道中、「俺だけ家が遠くないか」とか、一切考えなかった。また三人は会えた。

次郎「兄者、これからどうする？」

一郎「別にどうもしない。今いる所で頑張って働き、また三人で定めた日に会えば良いであろう。天の定めた運命は人の力で移し動かすことはできない。だから、人生は思い通りにならないことは必然であり、期待していた、望んでいたこととは反対に行ってしまうことがある。自分のこれまでの経歴を振り返ってみれば、このことがいかに正しいかわかる」

次郎「はっはっ、兄者のそういう所、懐かしいな」

一郎「世の中には、立派な人もいれば、つまらない人間もいる。しかし、これらの人々が栄えたり、衰えたりするのは運命というものである。この理には、予め推測し得る理と推測し得ない理とがある。要するに、皆一つの理であることに変わりはない」

三郎「我々の運命は、決まっていることはわかったけど、そうなると努力することは無意味なの？　僕は頑張って勉強しても世のため人のために生かせない運命であれば、結局無意味なの？」

一郎「何事をなすにも、人事を尽くして天にまかすがよい。例えば、いつも横着で怠け者である人がいたとする。『いくら働いても無益だ。運命は天次第である』といっているのでは、何事も成功しない。思うに、天がこの人から魂を奪い去ってこのようにしているのだ。これもまた運命だ。もう一人は、平生慎しみ深く勤勉である。人の務むべき道理は飽くまで尽くさなければならない。しかし、『運命は天の定めに待つ』といっているから、仕事は必ず成功する。恐らくこのような人に対しては、天がその人の心を誘導してこのようにさせているのである。これもまた運命である。ところが、人事を尽くしても、成功しない人がいる。これは道理の上では成功するはずであるのに、天運がまだ至らないものである。したがって、天運が来ると直ちに成功する。反対に、人事を尽くさない人で、偶然に成功する者もある。これは道理上からは成功しないはずであるが、運命がこの人に来たのであって、終には失敗するであろう。以上を要するに、皆運命である。成功・失敗がその人自身に現れないで、その子孫に現れることもある。ある武士（ちなみに西郷隆盛）は、『人を相手にせず、天を相手にせよ。天を相手にして、己を尽くして人を咎めず、我が誠の足らざるを尋ぬべし』としている。つまり、深く考えずに天理に従えということだ。人は、地道を守らなければならない。地道とは、人をうやまい、自分はつつしむという『敬』ということだ。即ち、天理に従って身を修めるのみである。そもそも、自分の身分を知れば、そう望外のことは望めず、また自分の天分を自覚すれば、現状で満足することを知る。足るを知るものが、本当に富んでいるものだ」

次郎「なぜ地道を気にする。俺はもっと派手に天道なる、まばゆい光の成功をしてみたいものだ」

一郎「人には人の幸せがあるように、人には人の成功がある。望むことは大変よいことだ。

また目標として達成することも、大事な試練であるかもしれない。目標や成功を歩む過程で人々を幸せにしたらよい。ただ、人と万物とは、この地面を離れることは出来ない。今ためしに、しばしの間、心を天地の外に遊ばしめて、この全世界を見下したとしたら、世界は一つの小さな球のように見えるのみで、人も物も見えない。ここで自分は思う。この小さな球の中に、川も海もある。山岳もある。草木もある。人類もある。これらが一かたまりになって、この小さな球をつくっているのだと。考えがここまで来ると、人も物も、ともに地であることがよくわかる。これはよく覚えておくように。人間一人の力でできることは限られる。上下左右の人々に信用があれば、この世で出来ないことはない。信は心の誠の顕れで、その誠が上は天に通じ、下は人に通じるならば、天下何事かなし難きことがあろうか」

次郎「それはなんとなくわかる。仕事場では一人でやることよりみんなでやることの方が多い。けれど、俺は三郎のように勉強家ではない。天に任せてもこれでは大成はなしえないということか？」

一郎「志を立て、これを求めれば、たとえ、薪を運び、水を運んでも、そこに学問の道はあって、真理を自得することができる。まして、本を読み、物事の道理を窮めようと専念するからには、目的を達せないはずはない。しかし、志が立っていなければ、一日中本を読んでいても、それはむだ事に過ぎない。だから、学問をして、賢者になろうとするには、志を立てるより大切なことはない」

次郎「久しぶりとあって、今日の兄者の話は長いな」
三郎（どこかで聞いたような）

父母の思い出

次郎「いや、兄者、それはそうとして、信濃の土地どうするんだ？　ここで働くことはいいけれど、年貢が納められれば、また三人で暮らせるのだろう」
三郎「三人で暮らせるほうがいい」
　一郎も同意見であったが、次郎と三郎の将来を考えると果たしてどうしたものか、考えた。あの土地は大切であるが、次郎と三郎が、今うまくやっていけているのであれば、このままでもいいと一郎は思った。
一郎「また、三人で暮らせなくても、三人でまたこうして会えばよいではないか」
次郎「父上と母上に別れを告げて、ここまできたのだ。また別れて暮らせというのか」
三郎「次郎兄さん、声が大きいよ」
　次郎は熱くなっていた。
一郎「そうはいっても、仕事も寝どこも決まっている。これ以上どうしろというのか」

次郎「そんなのどうにかしてみせる」
一郎「理が通っていないぞ。そして、父母の事、お前はあまり快く思っていないように感じたが、別れのときそうでなかったか」
次郎「そんなわけないだろう。一人になってわかった。父母の恩恵は一緒にいる時はわからない。親が生きているときは、親の身が自分の身であった。親が亡き者となってしまっては、自分が親の身であることを知らねばならない。自分自らを愛する心で親を愛し、親を敬う心で自分自らを敬わなければならない」
　一郎は次郎がこのような道理を述べるとまったく思っていなかったので、次の言葉がでなかった。
三郎「だったらどうすればいいというのさ」
　今度は三郎が始まった。
一郎「お前たちは疲れているんだ。昔のことを掘り起こすな。父母がいなくとも今まで我々立派にやってきただろう。わがままいうな」
次郎「いや、俺が兄者に物申すことは、すでに天がそうしろと決めているのだ。兄者のいうこともわかるが、このまま我々が離れ離れになることが嫌だ」

するると三郎がボロボロ泣き出した。

三郎「一郎兄さんも、次郎兄さんもずるい。特に一郎兄さんはずるい。父上と母上と一緒にいる時間が一番長かったもの。一番話をしたもの。一番一緒に寝たでしょう」

次郎「そんなことをいったら、一郎兄さんも三郎もずるい。三郎は末っ子だったから、優しくされていることに気づかなかったのか、俺なんかたまに用事を言い渡されればいいくらいだ。甘えるな」

一郎「我々の身体は一毛一愛も一息することも皆父母である。一視、一聴、一寝、一食、皆父母の賜物である。自分の身体が父母からの賜物であることを知り、また、これから生まれてくるであろう自分の子が自分の身体であることを知れば、親、祖、檜、高も自分でない人はいない。同様にだんだんの下方を考えれば、孫など自分でないものはない。父上も母上も、われら子供には公平に接してくれていたと俺は思う。このように父上母上が亡き者になっても、我らが話をするだけで、あの世で喜ばれていることと思う。父母が遺した衣類や器物などは、子孫がこれを大切に保管し、時々見ては父母を慕うことを忘れないようにするがよい。決して手から離して人に贈る理由はない」

兄弟の沈黙がはじまった。下を向いて考えた。
そして、結局どうするか、三郎が考えを持った。

三郎「そうだ。一郎兄さん、嫁をもらいなよ」
次郎「うん、それがいい」
一郎「うん、はい、ちょっと待て」
次郎「俺ら、寂しかぁーーー」
三郎「甘えたかぁーーーー」
一郎「なんと不純な理由、嫁をもらったとて、お前らの都合通りにはさせん」
次郎「堅いことというな。なんなら俺は稼ぎがあるから一緒に住んでも問題ないだろう」
三郎「また、三人、いや四人で楽しく過ごせるよ」

もとい、一郎は女性に不得手である。

一郎「信濃の土地はどうするのだ。これは俺に嫁がいるどうこうではなく、きちんと話を詰めねばなるまい」

次郎「そういえば、年貢がおさめられるかどうかだったな」

一郎「そうだ」

次郎「俺は大工だ。この町では火事が多いから、仕事はひっきりなしにくるよ。俺は、もっと頑張って稼ぎのある棟梁にならないとな。望みを持つことはいいことなのだろう」

三郎「僕だって、いろんな人の病気を治せる薬をつくればもっと稼げるようになるよ。いや稼いでくるよ」

一郎「つまり」

次郎「兄者は、嫁を探して、信濃に戻りなよ」

三郎「それがいいよ。僕らがこっちで稼ぐから痩せた土地で待っていて」

一郎「いやいや、お前らがここで成功することもできるんだぞ。それに奉公人なのに嫁をもらえるだろうか。私が一番稼いでいないし」

次郎「確かに、兄者の話を聴き流せる人でないとだめだ。それに貧乏は試練なんだろ、嫁探しもその条件で何とかしろよ」
三郎「とにかく、次の冬には帰るよ。それまで信濃でまだ見ぬ嫁と待っていて」
一郎「年貢が納められるかわからない。今まであの土地でいろいろと試したじゃないか」
次郎「そうしたら毎年、俺と三郎とでこの町にくればいい」
三郎「そうだ。次郎兄さんがこの町にいることがわかれば、寂しくない」
次郎「よく言ってくれた。俺もだ。そして、一郎兄さんが、父上と母上の土地で待ってくれていると思えば、俺と三郎はいつまでも頑張れる」
一郎「今この場では何とでもいえる。でも実際とは違う。食べ物がなかったり、病気や怪我に悩む時があるだろう。お金を盗まれたり、騙されたり、人を恨むこともあるかもしれない」
次郎「そんなこと、いつだってそうだろう」
三郎「そうだよ。それはいつものこと。だから一人では生きていけない、足ることを知るのでしょう」
　一郎は次郎三郎に根負けした。
一郎「自分がどんなに惨めになってもこの夜のことは忘れないでおこう。むしろつらい時、今日を思いだすのだ。我々三人はお互いを認め合い、望みを共にした」
次郎「うむ。それでこそ兄者だ」
三郎「帰るときは、声をかけてね」
一郎「私も師匠に相談せねばならない。今日明日という訳にはいかぬ」
次郎「まだ先かもしれないが、道中気をつけて」
一郎「ちなみに、俺一人で待っているかもしれない。これは仕方がないことだと思ってくれ」
次郎「それはだめだ」
三郎「むしろ嫁を見に帰るのだ」
一郎「ん?」

この日はこれで別れた、次の満月にまた会う約束をした。
次郎と三郎は、一郎に合う女性を見つけようと必死になる想いになった。
一郎は、集合場所を変えた方がいいのではないかと言うのを忘れた。

参考文献

講談社学術文庫『言志四録（一）言志録』佐藤一斎著／川上正光全訳　一九七八年
教育社『藩校と寺子屋』石川松太郎　一九七八年
講談社現代新書『江戸三百年①天下の町人』西山松之助／芳賀登編　一九七五年
講談社現代新書『江戸三百年②江戸っ子の生態』西山松之助／竹内誠編　一九七五年
講談社『絵で読む江戸の病と養生』酒井シヅ　二〇〇三年
筑摩書房『江戸の教育力』高橋敏　二〇〇七年

著者プロフィール

七生 一樹（ななお いちじゅ）

・埼玉県出身。
・東京電機大学工学部卒業。
・IT関連企業に就職したのち、介護関連企業に転職、現在、取締役に就任。
・他、カウンセラーや社会福祉士など資格あり。

言志録物語

2024年４月15日　初版第１刷発行

著　者　七生 一樹
発行者　瓜谷 綱延
発行所　株式会社文芸社
〒160-0022　東京都新宿区新宿1－10－1
電話　03-5369-3060（代表）
03-5369-2299（販売）

印刷所　株式会社暁印刷

ISBN978-4-286-25117-2